川流れ慕情

あやかし捕物帖 3

奈良谷 隆

時代小説

二見時代小説文庫

目次

川流れ慕情——あやかし捕物帖3

序　水底に光る眼

「あッ、お春《はる》……、だ、誰か……！」

川上の方から、切羽詰まった声が聞こえてきた。

大川《おおかわ》の畔を見回っていた妙《たえ》は、急いで声がした方へと走り出した。

父、辰吉《たつきち》のあとを継いで岡っ引きになった妙は十九歳、男衆の髷《まげ》を結って股引《ももひき》の裾《すそ》をからげ、帯には十手《じって》が差してある。

妙はいつものように、密かに思いを寄せる小太郎《こたろう》の昼飯のおにぎりを懐中《かいちゅう》に、裏長屋に向かおうとしていたのだが、昨今はやけに土左衛門《どざえもん》が多く上がるため、行く前にこうして河原を見回っていたのである。

今日はよく晴れているが、先日来の大雨で川の水は増して濁り、流れも速くなっていた。

そこへ悲鳴混じりの声が聞こえたから、妙は声がした方に走った。

前方の様子を窺うと、彼方《かなた》に猪牙舟《ちょきぶね》が浮かび、何人かの人が立って水面《みなも》を見つめ、ただオロオロとしている。

どうやら花見にでも洒落込もうとしたらしいが、あまりに流れが激しいので断念したところで、誰かが川に落ちたのだろう。

見ると、流れの中に一瞬小さな手が見えたではないか。

しかし濁流に、誰も飛び込むことが出来ないでいるらしい。

ためらいなく妙は水に飛び込み、濁った水の中で目を凝らした。

水練《すいれん》などあまりしたことはないが、一年前の鬼騒動のとき、妙は鬼の力を宿し、今では人ならぬ力を備えるようになっている。

三月、桜の盛りとはいえまだまだ水は冷たい。

だが息継ぎをしなくても、妙はかなり長い間潜《もぐ》っていられるし、濁った水の中でも遙か先まで見通すことが出来た。

と、彼方に赤いものが見えたので、妙は流れに逆らって進みはじめた。

間もなく、向こうも流されるまま妙の方に近寄って来た。見れば五歳ぐらいの女の子ではないか。

妙は近づき、水の中で女の子をしっかりと抱え込んだ。

幸い、まだ事切れてはいないようだ。

（さあ、もう大丈夫）

心の中で呼びかけ、水から上がろうとした。

と、そのとき妙は気配を感じて振り返った。すると濁った水の底に、二つの眼が光ってこちらを窺っているではないか。

（あ、あやかし……？）

妙は思ったが、光る眼はいち早く消え去ってしまった。

追うような余裕はない。とにかく女の子を水から上げ、妙は河原へと上がった。

「あーッ！　お春……！」

川上からこちらを見たか、多くの人たちが慌てて駆けて来る。

妙も女の子を両手で抱き抱えながら、そちらへと走った。

そして鬼の気を駆使して冷えた身体に熱を送り、走りながら背中を擦ってやると、女の子、春はいきなり激しく咳き込んで水を吐き出し、忙《せわ》しげながら息を吹き返したようだ。

そこへ商家の主《あるじ》らしい四十前後の男が駆け寄って来た。他には、奉公人らしい男女たちもいる。

「もう大丈夫です。早く家へ帰って体を温めてあげて下さい」

「よ、よくぞ、あの流れの中で一人娘のお春をお助け下さいました。私は、日本橋《にほんばし》の廻船《かいせん》問屋、川津《かわづ》屋の伊兵衛《いへえ》と申します」

息せき切った伊兵衛が言って両手を差し出したが、春がしがみついて妙から離れようとしない。

仕方なく妙も一緒に進んだ。この方が、冷えきった春の体に熱を送り続けていられるだろう。

「家はすぐそこでございます。着替えもございますので、どうかご一緒に。みんな、先に急いで帰って、ありったけの火鉢に火を入れて風呂も沸かせ！」

伊兵衛が言うと、奉公人の男たちも家の方へと走り出した。

そして歩きかけた伊兵衛が、ふと妙の顔と腰の十手を見た。

「もしや、女親分さん……」

「親分さんはよして下さい。十手を預かる、神田《かんだ》たつやの妙です」

妙は答えながら、とにかく急いだが、春は泣きもせず抱かれながらじっと妙の顔を見上げていた。

妙も、この界隈ではずいぶん顔が知られてしまっている。

一緒にいる奉公人たちも、さすがは腕利きのお妙姐《ねえ》さんだ、と、ほっとしたように話し合いながら家へと急いだ。

進みながら話を聞いてみると、仕事が一段落したので奉公人たちと舟で花見に出ようとしたが、あまりに流れが速いので船頭に断られたところで、春が水に落ちたらしい。

川津屋の伊兵衛は四十で、春は五歳。

ようやく出来た子供で、つい先年には連れ合いを亡くし、それこそ目に入れても痛くないほど伊兵衛は春を溺愛しているようだ。

やがて日本橋の外れにある大手の廻船問屋、川津屋が見えてきた。

品川《しながわ》沖には弁財船《べざいせん》を浮かべ、小舟で積み出した荷を川津屋の蔵へと納め、幕府へも荷を献上し、船宿も営んでいるという大店《おおだな》だ。

入り組んだ水路が、江戸発展の大きな要素であった。

やがて川津屋が見えてきたところで、

「あ……！」

妙は思わず声を洩らした。

「ど、どうなさいました……」

「いや、懐に入れておいたおにぎりを流してしまいました……」

妙が答えると、伊兵衛は一瞬目を丸くしてから、いきなり笑いはじめた。

「あははは、昼餉《ひるげ》なら宅で用意致しますので、どうかご遠慮なく」

伊兵衛が言うと、周りの奉公人たちも笑い声を上げた。やはり誰もが春の無事に安心しているのだろう。

やがて、春を抱いた妙は川津屋に招き入れられたのだった。そして妙は水の底で見た、妖《あや》しく光る眼を思い出していた……。

第一章　江戸に来た河童《かっぱ》たち

一

「おや、今日は良い着物を着てますね」

妙が裏長屋に入ると、小太郎が笑みを浮かべて言った。

「ええ、川に飛び込んで娘を助けたので、川津屋さんが振袖を貸してくれたんです。これ、遅くなったけどお昼をお持ちしました」

妙は上がり框《かまち》に腰を下ろし、風呂敷を解いて重箱を出した。

「ほう、これはご馳走だ」

蓋を開けると、中には卵焼きに昆布の煮染め、焼き魚の切り身に野菜の煮物と飯も入っている。

「川津屋さんが、花見のため用意していた物をもらいました。私はもう充分に頂きましたので、どうぞ」

「そう、では遠慮なく。それにしてもお手柄でしたね。川津屋と言えば大店だ。娘が助かって大喜びでしょう」

小太郎は言いながら、料理を摘みはじめた。

百瀬《もも せ》小太郎、二十歳過ぎで部屋の中は溢れんばかりの書物。

普段は学問所に勤めて若者に講義し、たまに奉行所の手伝いで死骸の検分などもしているが、本業は軽業《かるわざ》をしている三人娘の兄貴分で、昼過ぎからは神田明神《みようじん》の境内で見世物を世話している。

妙は竹筒から茶を注いでやり、小太郎が食事している間に川津屋でのことを思い出していた。

あれから奉公人たちが春の濡れた着物を脱がせて拭き、火鉢で体を温め、なかなか風呂が沸かないので沸かした湯を湯船に足して浸からせたが、実に春は元気で、何かと妙を呼んでは話しかけ、すっかり懐かれてしまったのだった。

妙は湯は使わず、脱いで身体を拭いただけで、借りた着物に身を包むと、花見用に仕度していた豪華な昼餉を振る舞われた。

そして留守番をしていた多くの奉公人たちも、何かと物珍しげに女岡っ引きである妙の顔を見にやって来たのである。

さすがに昼間なので酒は断ったが、妙は多くの人に見られて豪華な料理もあまり味わえなかったものだ。

脱いだ着物は、夕刻には乾くだろうから、妙は日暮れにでも重箱を返しに寄り、自分の着物で帰るつもりである。持ち物は十手と財布だけで、これだけは急流の水の中でも落とさなかったのだ。

「それで、何か気がかりがあるのですか」

食べながら、小太郎が訊いてきた。

鬼の力を持った妙と同じように、小太郎はあやかしと人の間に生まれ、やはり人ならぬ力を持っているのである。

「やはり分かりますか。実は水の底に、光る眼を見たんです」

「それは、昨今やけに多い土左衛門と関わりがあるのかな」

「そうかも知れません……、どれも土左衛門は股が裂かれ、凄まじいことになってます。流されながら流木に傷つけられたのだろうと、奉行所の麻生《あそう》様などは言っていますが」

妙は答えた。

麻生真之助《しんのすけ》は、何かと妙を頼りにしている三十代で独り身の同心である。

「まさに河童が、人の尻子玉《しりこだま》を抜いたという感じだろうか……」

小太郎が、箸の手を休めて言う。

「そう聞きますが、尻子玉ってなんですか？」

「腑分《ふわ》けの図でも、そうしたものはないので、恐らくはらわたのことではないかと」

小太郎が、再び箸を口に運びながら言った。

「河童ですか。子供向けの読み物にある、西遊記《さいゆうき》の沙悟浄《さごじよう》のような」

「いや、唐《から》の国の沙悟浄は、沙和尚《しやおしよう》という僧形《そうぎよう》で、赤い髪に青黒い肌をしているというから、それが日本では河童の姿として成り立ったようです」

小太郎の蘊蓄《うんちく》が始まった。

「河童は、頭に皿があって背に甲羅《こうら》があり、酒と相撲と胡瓜《きゆうり》が好きで、頭の皿の水が涸れると力を失い、そして肛門《こうもん》が三つあると伝わっています」

「ははあ、屁《へ》の河童というのは？」

「あれは、取るに足らぬものや、なんの役にも立たぬことの例えで、燃えてもすぐ消える木っ端の火が屁に変じたものでしょう」

言われて妙は、思わず木っ端役人という言葉を思い出してしまった。

「そして河童は、猿を嫌うという説があります」

小太郎が言い、妙は三人娘の一人、紅猿《べにざる》を思い浮かべた。

三人娘は、紅猿、明烏《あけがらす》、伏乃《ふせの》という申酉戌《さるとりいぬ》の化身《けしん》で、桃太郎である小太郎を守っているのだ。

「その河童が、どこからか水の中を伝って大川までやって来たんでしょうか」

「分からないが、河童の言い伝えは津々浦々どこにでもありますから」

小太郎は言い、食事を終えて茶をすすった。

「確かに、今までにも鬼や狐狸妖怪《こりようかい》が江戸へ来たんですから、河童も来るかも知れませんね。江戸は水路が多いし」

妙は答え、やがて小太郎が神田明神へ行く仕度をはじめたので、妙は空《から》の重箱を外の井戸端で洗い、風呂敷に包んだ。

「まあ、お妙姐さん、今日は良いお着物で」

洗濯をしていた長屋のおかみさんたちが目を丸くして言い、

「そろそろ百さんと一緒になっちゃいなさいよ」

などと言われ耳が火照《ほて》ってしまった。しかし、そんな妙の思いなどなんとも思っていない様子で、フラリと小太郎が出て来た。

「では」

妙はおかみさんたちに頭を下げ、小太郎と一緒に裏路地を出た。そんな二人を、おかみさんたちが微笑《ほほえ》ましげに見送っている。

「一緒に明神様へ来ますか？」

「いえ、こんな格好で恥ずかしいので、番屋へ行きます」

小太郎に言われ、妙はモジモジと答えた。

さすがに振袖で十手は帯びられないので袂《たもと》に隠していた。髪も濡れたので川津屋で解いて拭き、今は洗い髪のように下ろしただけなので、家へ帰ったら母親の圭《けい》に結ってもらおうと思っていた。

「そう、それがお妙さんの年頃では普通なのに。ではまた」

やがて大通りへ出ると小太郎が言い、神田明神へ向かって行ったので、妙もそこで別れて番屋へと向かった。

すると途中で、

「おお、いい女だな。一杯付き合ってくれや」

昼間から飲んでいる破落戸《ごろつき》の町奴《まちやっこ》たちが、居酒屋から出て来て妙を取り囲むなり、いきなり腕を摑んできた。

「御用の邪魔をするな！」

妙は言うなり、摑まれた腕を逆に決めて素速く足を払った。

「うわ……！」

町奴は大きく一回転し、激しく地面に叩きつけられていた。

「お、お妙か……、そんな格好しやがって、どこの別嬪《べっぴん》かと思ったじゃねえか……」

振袖に洗い髪の女が妙と気づき、町奴たちはすっかり酔いが醒めたように青ざめて立ちすくんだ。前から何度もからまれては叩きのめし、今ではすっかり恐れられているのである。

町奴たちは、投げつけられて呻いている仲間を抱え上げると、そそくさと立ち去っていった。

（振袖でも動けるものだな……）

妙は思い、颯爽《さっそう》と裾を蹴って歩きはじめたが、急に思い立って女らしく小股に歩を進めた。

そんな妙の様子を見ていた人たちが、啞然としていた。

やがて番屋に入ると、莨《たばこ》をくゆらせ茶を含んでいた麻生真之助が妙を見るなりプッと茶を噴き出した。

「お、お妙、どうしたんだ。まさか岡っ引きを辞めるのか……？」

真之助が、センブリでも飲んだような顔つきで言うと、そこにいた下っ引きもまじまじと妙を見てから茶を淹れてくれた。

「大川に潜っただけです」

妙は腰を下ろして答え、茶をすすってから事情を話した。

「そうか……、川津屋の娘を助けたのか。それは良くやった。だが今日の川は流れが激しかっただろうに……」

真之助は言い、だが神秘の力を持つ妙なら、濁流でも難なく泳げるだろうと思ったようだ。

そして下っ引きが奥へ引っ込んだので、妙は声を潜《ひそ》めて真之助に言った。

「水の底で、どうも河童らしき光る眼を見ました」

「なんだって……？　鬼や狐狸の次は河童かよ……」

真之助は顔をしかめて答え、ポンと煙管《きせる》の灰を火鉢に落とすと、

「では、多くの土左衛門も河童の仕業か……」

勘良く察して言い、フッと煙管に残った煙を吐き出してから、莨入れを懐中にしま

った。

やがて二人は、また土左衛門が出ないかどうか河原へと見回りに行った。

「そんな格好のお前と歩くのは気恥ずかしいぜ」

「恥ずかしいのはあたしの方です」

妙は言い、少し離れて歩いたが、特に河原には何事もなかった。

流れもやや収まりかけているので、間もなく日頃の風景に戻ることだろう。

そして日が傾くと、妙は真之助と別れて川津屋へ顔を出した。

また妙は伊兵衛たちに大歓迎され、春もまつわりついてきたが、妙は洗った重箱を返し、乾いた着物に着替えて、ようやくほっとしてから両親が飯屋を営むたつやへと戻ったのだった。

圭に元通り髪を結ってもらい、親子三人で夕餉を囲みながら、妙は今日あったことを話した。

「あの流れに飛び込んだのかい……」

「ああ、何事もなくて良かった。まして人助けが出来たんだからな」

話を聞いた圭と辰吉も、ほっとしたように言う。

元は岡っ引きだった辰吉は足腰を弱めて十手を妙に預け、今はすっかり飯屋の主人に納まっている。

食事を終えた辰吉は莨に火を点け、一服《いっぷく》した火種を手のひらに落とし、くるくる回しながら片手で新たな刻みを器用に煙管に詰めた。そして手のひらの火種から、小粋に二服目を点けるのである。

妙は、そんな様子を見ながらいつもの暮らしを喜び、大川も、早く元の穏やかな流れになって欲しいと思うのだった。

二

翌朝、真之助は番屋へ出向く前に大川の河原を通った。同心長屋から番屋までは川沿いの道なのである。

川の濁りも流れもだいぶ収まってきていたが、まだまだ普段より急流だった。見渡したところ、流れて来るものはないし、河原に打ち上げられているものもないようだ。

何しろこの十日ばかりのうちに、三人もの土左衛門が上がったのである。三人とも全裸で、顔も身体も激しく損壊し、しかも股が裂かれていたので身元の見当も付けようがなかった。

流れで全ての着物が剝がされるのはよくあることだが、この濁流では、着物も持ち物もとうに遙か下流だろうから探しようもない。

無残な遺骸も、岩や流木に打ち付けられたためと思っていたが、妙の言うように河童の仕業だとしたら厄介である。

今までも鬼や狐狸の騒動があったが、上への報告を取り繕うのに苦労したのだ。

何しろ、あやかしの仕業だと分かっているのは妙と真之助、他には小太郎と、結城《ゆうき》道場の女剣士、鈴香《すずか》など僅《わず》かな者ばかりで、とても上役や町の人たちには大っぴらに出来ない内容である。

だから、いつも読売などには、あやかしなどではなく誰もが納得する無難な経緯《いきさつ》を広めているのだった。

此度《こたび》の土左衛門の三人は、辛《かろ》うじて男が二人、女が一人ということだけは分かっていたが、年頃も顔つきも不明である。多少は行方知れずの届け出もあるが、多分そうではないかという推測の域を出なかった。

ふと河原を見ると女が一人しゃがみ込み、流れに花を手向《たむ》けているではないか。

真之助がそちらに近づくと、女も気づいたように立ち上がり、顔を向けて真之助を見た。

清楚な着物に身を包んだ二十代半ばの中年増《ちゅうどしま》、なんとも見目麗しい顔で、様子ではどこぞの新造《しんぞう》といった感じだろうか。

「身内に不幸でもあったのか」

真之助が声を掛けると、女は静かに頭を下げた。

「夫が帰らないものですから、もう諦めた方が良いのではと……」

女が伏し目がちに言う。

「土左衛門の一人か。亭主はどのような男か」

「浜町《はまちょう》の外れの長屋に二人で住み、夫の清吉《せいきち》はあちこちの船宿を渡り歩く船人足をしておりました。私は美代《みよ》と申します」

美代が言った。

夫婦は互いに親も子もおらず二人きりの暮らしで、美代は繕い物の内職をし、夫の清吉は船人足で年中外にいたようだ。

清吉は弁財船から荷を下ろし、小舟で廻船問屋に荷を運ぶという力仕事で、時には船頭のようなこともしていたようだが、先日の大雨のときも賃金をはずまれ、急ぎの荷下ろしを手伝っていたらしい。

仲間内に訊いても、いつしか姿が見えなくなっていたということである。

豪雨では捜索もままならず、人足たちは日払いの銭で酒や博打《ばくち》にうつつを抜かしていたので、一人ぐらい消えても誰も気にしないようだった。

「清吉も、酒や博打が好きだったのか」

「はい……、不実な男で、長屋のおかみさんたちには早く別れた方がいいなんて言われてましたが、いざいなくなると寂しいものですね……」

悲しげに言う美代の言葉に、真之助は眉をひそめた。

恐らく清吉は、ろくに家に金など入れず、働いた分だけ使い好きなように遊び回っていたのではないか。

そんな男でも、こうして窶《やつ》れたとはいえ美しい女房を持っているというのに、

（それに引き替え俺は……）

と真之助は我が身を省みて、やるせなくなった。

いくら女に惚れても上手くいかないのは、きっと持って生まれた女運が悪いのだと思うしかない。

もっとも、無愛想で不器用な自分に原因があるのだろうが。

「これからの暮らしは大丈夫なのか」

真之助は尋ねたが、大丈夫でないと言われても自分にはどうしようもない。

「ええ、おかみさんたちが何かと助けてくれますので」

美代は頷いて答え、自分を安心させるように微かな笑みを浮かべた。

と、そのとき駆け寄って来る足音がした。

見ると、着流しにほっかむりをした三十ばかりの男である。

「お美代さん、こんなところにいたのかい」

近づいた男が言い、真之助の方に軽く頭を下げてから、懐中の包みを出して美代に渡した。

「こいつあ、ゆうべ人足仲間から集めた香典だ。取っておいてくんな」

男が言うと、美代は戸惑いながらも包みを受け取った。

(気に入らねえ目つきだな)

真之助は、男を見て思った。

そもそも知り合いの女が、見た目通りの同心と一緒にいるのに平気で近づいて来たのは、余程何も後ろ暗いことなどないか、糞度胸があるかだろう。あるいは、美代が同心と何を話しているのか探りを入れに来たのかも知れない。

「甲太《こうた》さん……」

「ああ、大して入っちゃいねえが、俺らに出来るのはこのぐれえのものだ」

甲太と呼ばれた男が言うと、美代は頭を下げて包みを懐中に入れ、

「それでは、これで私は」

真之助にも辞儀をして、河原を立ち去っていった。

「困ったことがあればいつでも番屋へ来い。俺は麻生真之助だ」

後ろ姿に言うと、美代は振り返り、

「有難うございます」

そう答え、もう一度頭を下げてから歩いて行った。

それを見送ってから、甲太は川を見回し、

「この流れじゃ、舟からの花見はもう少し先だな……」

呟いて行こうとするのを、真之助が呼び止めた。

「待て、見ねえ顔だが」

「へえ、半月ほど前に川越《かわごえ》から江戸へ出て来やした。今は川津屋さんの船宿にお世話になってる、船頭の甲太と申しやす」

神妙に答えているが、ほっかむりを解こうともしない。

「川津屋か。清吉を博打に誘っていたのはお前か」

「め、滅相も……」

甲太は苦笑し、恐縮したようにペコペコと頭を下げたが、眼は笑っていない。

「賭場《とば》はどこにある」

「勘弁しておくんなさい。仲間内の塒《ねぐら》で少しばかり遊んでいるだけで」

「清吉が川に落ちたのは見たか」

「いいえ、あっしはその場にいませんでした。大雨で、塒に籠もってましたんで」

「そうか、行って良いぞ」

言うと甲太は辞儀をし、小走りに堤《つつみ》を上って立ち去っていった。

その姿が見えなくなると、真之助も番屋へ出向こうと踵《きびす》を返した。

美代が河原に手向けた花も、今はもうどこかへ流されてしまっていた。

三

「おお、お妙、来ていたか。やはりその格好の方が良いな」

「あたしもです。振袖なんか似合いませんから」

真之助が、すでに番屋に来ていた妙に言うと、妙も笑って答えながら茶を淹れてやった。

今日は下っ引きもおらず、真之助と妙の二人だけである。

男衆の髷を結い、裾を端折《はしよ》って青い股引を見せている颯爽たる妙の姿は、いかにも腕利きの十手持ちといった風情《ふぜい》である。

そんな様子を見ながら、真之助は茶をすすり、煙管に莨の葉を詰めて火鉢で火を点けた。

「何を見てるんです」

「なあに、振袖も様になっていたと思い出したんだ」

真之助は、答えながら煙をくゆらせた。

いかに女房を欲していても、妙だけは赤ん坊の頃から知っている妹のようなもので女を感じることはない。

「ところで、土左衛門の一人は、どうやら船人足の清吉という男らしいのだが、もう調べようはないな……」

真之助が言った。すでに、三体の土左衛門は茶毘《だび》に伏されている。

「その話、どこで聞きましたか？」

「先ほど河原で、花を手向けている女がいたので聞いた。清吉の女房で、お美代といったが、人足仲間のうろんな奴が付きまとっていた」

「そのお美代さん、綺麗な人なんですね」

真之助の顔色で察した妙が言うと、

「な、何を、そんなことはどうでもよい」

真之助は眼を剝いて言い、火種を手のひらにポンと落としてくるくる回したが、

「あちちち！」

慌てて火種を火鉢に落とし、手のひらを擦り合わせると、妙は肩をすくめてクスッと笑った。

「おとっつあんのように粋な真似は出来ないようですね」

「ふん、見回りに行くぞ！」

真之助は言い、二服目を吸う気にならなくなったようで、莨入れを袂にしまって立ち上がった。

そして妙は、真之助と一緒に番屋を出て河原へと向かった。

今は、特に押し込みだの殺しだのという騒動は起きていない。

この二月に、寛政《かんせい》十三年が享和《きようわ》元年（一八〇一）と改められた。

江戸の町は穏やかで、人々は貧しいながらも花見に出かけたり、優しい陽射しの中

で春の盛りを楽しんでいる。

「もし大川に河童がいるのなら、また潜って調べないとなりませんね」

「おいおい、襦袢《じゅばん》姿で潜るんじゃないだろうな」

川を見ながら呟く妙に、真之助は呆れたように言った。

「鈴香さんが付き合ってくれるかも知れないわ。そのときは河原で火を焚いておいて下さいね」

「まだまだ水は冷てえだろうに……」

真之助は、自分が川に潜ったことを思ったか、思わずブルッと身震いして言った。

やがて川沿いに上流へと進んで行くと、ちらほらと堤に植えられた満開の桜が見えはじめた。

特に川に変わりはないので、妙と真之助は堤に上り、花見客たちの間を縫うように歩くと、間もなく川津屋が見えてきた。

まだ流れが激しいので小舟はみな舫《もや》われているが、それでも奉公人たちが蔵から荷を出して大八車《だいはちぐるま》に載せ、あちこちへ運ぶため立ち働いていた。

近づくと、外で遊んでいたらしい春が、いち早く妙を見つけ、満面の笑みで駆け寄って来た。

「お妙さん！」

春が大喜びで言うなり、屈《かが》んだ妙に激しく抱きついてきたが、一緒にいる真之助に気づいて恐々と目を向けた。

「お春ちゃん、この小父《おじ》さんは恐くないから大丈夫よ」

妙が言うと、真之助もしゃがみ込んで春に言った。

「お前がお春坊か。いいか、水の近くには行くなよ」

「麻生様、そんな恐い顔して言わないで」

妙にたしなめられると、真之助はぎこちなく口元を歪めたが、どうやら笑顔を見せたらしい。

春は小さく頷くと、また妙に顔を埋めた。

すると主の伊兵衛が顔を出した。

どうやら一人で遊んでいる春が、何かと心配で出て来たのだろう。確かに、ここらは水路が多い。

「これは、お妙さんに八丁堀《はっちょうぼり》の旦那」

伊兵衛が笑顔で妙に言い、真之助に頭を下げた。

「どうぞ、中でお茶でも」

「いや、ここで良い」

真之助が言うと、伊兵衛は春に屈み込み、

「さあ、お春は家の中で遊んでいなさい。おとっつあんはお役人様たちと大事なお話があるからな」

言われると、春も素直に妙から離れた。

「お妙さん、すぐに帰らないで」

「ええ、あとで顔を見せるからね」

妙が言うと、春は安心したように家の中に入って行った。

「甲太という船頭はいるのか」

「はい、人足たちの長屋に住んでおりますが、でも舟が出せないときは船頭仲間たちとどこかへ行っているようですが」

真之助が訊くと、伊兵衛は不安げに答えた。人足長屋は、川津屋の敷地の外れにあるようだ。

「あの、甲太が何か」

「いや、清吉という船人足は知っているか」

「はい、存じております。うちへも出入りしていましたが、ここ最近とんと顔を見かけません」

「そうか。この十日ばかりで三人もの土左衛門が上がったが、その一人が清吉ではないかと思うのだ」

「さ、左様で……、人足たちは流れ者が多く、急に姿を消す者もいるので特に気づきませんでしたが」

「その、清吉の家は分かるか」

「はい、確か浜町の外れの裏長屋と聞いております」

「そうか、分かった。邪魔したな」

真之助が頷いて行きかけると、伊兵衛はほっとしたように肩の力を抜いたが、すぐ真之助が振り返って言う。

「人足長屋で博打をしているようだが」

「そ、それは目が行き届きませんで……」

急に伊兵衛はオロオロして答えた。実際、多く出入りする人足たちの細かなことまでは把握していないのだろう。

「まあ、胴元を立てて大きな賭場を開いているわけではなく、仲間内の遊びぐらいなら、とやかく言うつもりはない」

「はあ、お目こぼし有難う存じます。今後、よっく見張るように致しますので」

「ああ、それで良い」

真之助は言い、妙を見た。

「お前はどうする」

「少しだけ、お春ちゃんの相手をします。麻生様は？」

「気になるので、浜町へ行ってみようと思う」

妙が訊くと、真之助が答えた。まあ特に美代に用があるわけではないので、住まいの場所だけ確認するのだろう。

「ではここで別れよう」

真之助が言って歩きはじめると、

「お役目ご苦労様でございます」

その後ろ姿に伊兵衛が頭を下げて言い、妙を見た。

「さ、どうぞ中へ」

言われて妙も川津屋の中に入って行った。

しかし家には上がらず、庭に回ると大きな母屋に蔵が並び、多くの奉公人が出入りしている。

隣も酒蔵のある大店で、摂津《せっつ》屋という酒問屋らしい。

川津屋が地方から運んだ酒樽も摂津屋で取り扱い、持ちつ持たれつの仲のようだ。

すると、今か今かと待ちかねていたらしい春が奥から縁側に出て来た。

「お妙さん、遊んで」

「ええ、何をしましょう」

妙が訊くと、春はまたパタパタと奥へ走ってゆき、あやとりの紐やお手玉を持って縁側に戻って来た。

「では、私は店へ戻りますので」

「ええ、帰るとき声をお掛けしますね」

妙が答えると、伊兵衛は辞儀をして店へと戻って行った。

妙は縁に腰掛け、春と斜めに向かい合ってあやとりをした。

「川に落ちたときのこと覚えている?」

「急にフラフラして冷たい水に落ちたけど、よく覚えていない……」

「誰かに押されたようなことは?」

「押されてないけど、誰かに引っ張られたみたいで……」

春は、あやとりをしながらそのときのことを懸命に思い出しながら言った。

「そう、恐かったね」

「でもお妙さんが助けてくれたから」

春は、水に落ちた恐怖よりも妙に会えたことの方が嬉しいようで、終始笑みを絶やさなかった。

他に、妙は清吉や甲太という、真之助から聞いた名を春に訊いてみたが、人足たちのことは一切知らないようで首を横に振った。やはり父親の伊兵衛と、身近な奉公人の何人かとしか接していないのだろう。

やがて妙は、四半刻（約三十分）近く春と遊んでやり、やがて伊兵衛に挨拶して川津屋を引き上げたのだった。

四

「鈴香さん、来ていたんですか」

妙が神田明神へ行くと、軽業の見世物をしている三人娘や小太郎のところに、結城鈴香の姿を見て声を掛けた。

相変わらず鈴香は長い髪を引っ詰め、袴に大小を帯びた颯爽たる男装である。

「お妙か、久しぶりだな」

鈴香は笑みを含んで答えた。

妙と鈴香は、ともに鬼の気を宿し、あやかしと闘った同志だ。

武芸の修行に余念のない鈴香は、たまにこうして三人娘の技を見に来るらしい。

妙より二つ上の二十一歳だが、自分より強い男でないと惹かれないようで、一向に婿取りの気配はない。

境内の隅では多くの見物人たちの、やんやの喝采を浴びながら、刺し子の稽古着に股立《ももだち》を取った袴姿の三人娘が手裏剣《しゆりけん》投げやとんぼ返りの技を披露し、小太郎が投げ銭を笊《ざる》に拾い集めている。

いつ見ても三人娘の技は凄まじく、よく似た可憐な顔立ちに汗ひとつかかず、息も切らさず目にも留まらぬ軽業を繰り広げていた。

木登りに宙返りの得意な紅猿、飛翔して枝から枝へと飛び移る明烏、ときに四つん這いから宙に舞い、飛来する手裏剣を口で受け止める伏乃。どれも人間離れした技の数々だった。

真之助には、三人娘があやかしとは言わず、素破《すつぱ》の末裔《まつえい》だと説明しておいた。

やがて技を終えて三人が一礼すると、さらに見物人たちから盛大な歓声が湧き、小太郎が笊を持って歩くと小銭が山のように投げ入れられた。

　人々が去っていくと、妙たち六人は境内の隅にある茶店に行って縁台に座った。

　妙と鈴香の来訪に大喜びの三人娘は笑顔で団子を頼み、妙たちは茶をすすった。

「鈴香さんは、水練は得意ですか？」

　妙は、いきなり鈴香に訊いてみた。

「いや、私は剣一筋だから水練はしないが、お妙が是非にもと言えば、なんだってする。だが、まだ水は冷たいだろうに」

　鈴香は、いつもの男言葉で答えると、小太郎が言った。

「それは、河童を探ろうというのですか」

「なに、河童……？」

　鈴香が濃い眉を険しくさせて言い、妙は思わず周りを見回したが近くに人はなく、聞いている者はいない。

　三人娘も、団子を食べる手を休めて顔を上げた。

「ええ、どうも立て続けの土左衛門に関わりがあるかも知れないのです。それに私は溺れた子を助けに飛び込んだとき、水の底に光る眼を見たものですから」

「そうか、今度は河童か……」

鈴香は嘆息して答え、

「まあ、お妙と一緒なら水に潜るのも一興《いっきょう》か」

湯飲みを置き、妙を見て言った。

鈴香もまた鬼の気を宿しているので、冷たい水や長い息止めなど造作《ぞうさ》もないと思っていることだろう。

「だが、どんな格好で潜る。着物を乾かすのも大変だが、襦袢一枚では人目もあるだろう」

「麻生様に河原で焚き火をしてもらいます。そして人目もない日暮れ過ぎに」

妙は答えた。夜の濁った水の中であろうと、妙も鈴香も鬼の力で難なく見通せることだろう。

「日暮れか、では今宵にしよう。思い立ったらすぐやるのが良い」

気の早い鈴香が、決意に顔を引き締めて言った。ここ最近は騒動もなく平穏で、鈴香も退屈していたようだ。

「ええ、ではそうしましょう」

妙も、それには賛成だった。これで先延ばしにして、明朝また土左衛門でも上がったら悔やみきれない。

「では、私たちも出向きましょう」

小太郎が言うと、三人娘も嬉しげに歓声を上げた。何しろ三人は、すっかり妙と鈴香に懐いて、少しでも一緒にいたいのである。

一年前の鬼騒動では、初代の伏乃が犠牲になり、今は二代目だが、三人とも持てる力を使って動くのが好きで堪らないらしい。

「では、いったん仕度に帰る」

茶を飲み干すと鈴香が言い、腰を上げて財布を出したが、先に小太郎が全員分の金を置いてしまった。

「済まない、馳走になる」

「いえ、今日は実入りが多かったものですから」

小太郎が言うと、鈴香は頭を下げ、気が逸《はや》るように足早に立ち去って行った。

「では、あたしも戻りますね」

妙も立ち上がり、まだ休憩するという小太郎や三人娘に会釈して境内を出た。

そろそろ日も傾く頃合いだ。

まず妙が番屋に顔を出すと、幸い真之助一人だけがいた。

「どうでした、浜町の長屋の方は」

「いや、行っただけで顔は出さなかった」

妙が訊くと、真之助は紫煙《しえん》をくゆらせてぶっきらぼうに答えた。美代の住まいを確認しただけで帰って来たのだろう。

「で、お前の方は？」

「ええ、今宵鈴香さんと一緒に大川へ潜ってみます」

「なに、河童探しか……」

真之助が目を丸くした。そうした話はしていたが、まさか今宵すぐやるとは思っていなかったのだろう。

「河原で焚き火をお願いします。それから、百さんと三人娘も来てくれるようです」

「百さんか……」

妙が言うと、真之助は苦りきった顔つきで呟いた。

どうも、妙が小太郎に思いを寄せていることは薄々感じているが、真之助はあの小太郎が苦手なのである。確かに博識で、捕り物の手伝いはしてくれるが、どうにも謎が多くて胡散《うさん》臭いのだ。

やがて妙は辞儀をし、いったんたつやへと帰った。

「おっかさん、おにぎりを沢山作って」

妙は、母親の圭に言った。

まだ飯屋は開いているので、常連客が何人か食事している。

店は遅くまではやっていないので、あまり酒は置いておらず、客たちも飯だけで帰る人ばかりだった。

「ようよう、お妙姐さん、格好いいぜ」

常連客たちが、腰に十手を帯びた妙に声を掛けてきて、妙も会釈を返した。

「夜回りかい？　危ないことじゃないだろうね」

圭は心配して言う。

「おう、あまり心配すんな。麻生様もついてるんだろう？」

辰吉が言い、妙も安心させるよう笑顔で頷きかけると、二階へ上がっていった。

そして着物を脱ぐと、胸から腹に掛けてきつく晒《さら》しを巻いてから、再び着物を羽織った。

使うこともないし、落とすといけないので財布は置いてゆき、持つ物は十手だけである。

やはり辰吉から譲られたこの十手だけは、お守りのようなもので、肌身離さず持っていないと落ち着かない。

階下へ下りると、妙は出来たてのおにぎりを頬張り、漬け物をかじった。

そして圭が急いで作ってくれた十個ばかりのおにぎりの包みを持つと、二親《ふたおや》に挨拶してたつやを出た。

陽が西へ没しようとして、あたりには藍色の夕闇が立ち込めはじめていた。

堤に出ると、まだまだ夜桜を見に来ている人たちもいたが、妙はあまり人のいない上流の方へと向かった。

隅田《すみだ》川と神田川が合流する両国《りょうごく》橋あたりから南を、地元の人は大川と呼んでいる。

やがて堤から河原へ降りると、すっかり人けのない場所に出た。夜鷹《よたか》などが屯《たむろ》している場所は、ここからさらに上流の方である。

「おお、そこか」

堤から声がして、見ると提灯《ちょうちん》を手にした真之助が下りて来た。

「ええ、ここらで良いでしょう」

妙は答え、おにぎりの包みを置いて、真之助と一緒に焚き火の準備をした。

枯れ草を集め、壊れて放置された舟の板を剝がし、風の当たらない窪みに集めた。

すると小太郎と三人娘もやって来て、懐中に入れた反古紙《ほごがみ》を丸めて入れると、真之助が提灯の火で焚き火を熾した。

やがて、下流の方から鈴香も小走りに駆けつけて来た。

鈴香は、いつもの二本差しに袴ではなく、大刀だけを帯びた着流しである。どうせ脱ぐからという、やる気満々の出で立ちであった。

そのとき暮れ六つの鐘が鳴った。

「まずは腹ごしらえを」

妙が包みを開き、皆で腰を下ろしておにぎりに食らいつくと、たちまち空になってしまった。

「大丈夫か、まだ流れは速いぞ」

真之助が指に付いた飯粒を舐め、持って来た竹筒の水を飲むと、焚き火の火で煙管に火を点けて言った。

どうせ河童などおらず、少し潜って気が済めば、すぐに二人とも上がって来るとでも思っているのだろう。

「さて、行こうか、お妙！」

鈴香が立ち上がり、自分にも気合いを入れるように言った。そして大刀を鞘ぐるみ抜いて置くと、ためらいなく帯を解いて手早く着物を脱いでしまった。

「う……」

真之助が小さく呻き、慌てて外方《そっぽ》を向いた。

鈴香も胸から下腹まで晒しを巻き、両腕も両脚も露わにしたが、真之助や小太郎に見られても一向に気にしていない様子である。

鈴香は、一年前の鬼騒動では袈裟《けさ》に斬られ、左の乳房は斜めに両断されているのだが、巻かれた晒しで両乳とも締め付けられ、斬られた痕跡は窺えない。

妙も着物を脱ぐと、やはり晒しと股引姿である。

三人娘が、二人の着物を受け取って畳んだ。

すると鈴香は、大刀を左肩から斜めに背負い、長い下げ緒《さお》を胸の前で結んだ。妙も、晒しの間に十手を挟み込んだ。

「では、待ってて下さいね」

足袋《たび》と草履《ぞうり》を脱いだ妙は真之助たちに言い、鈴香と頷き合うと、一緒に川に入って行ったのだった。

五

「さすがに冷たいですね」

「ああ、だが大事ない。すぐ慣れよう」

二人は話し合いながらザブザブと水に入ってゆき、胸まで浸かると大きく息を吸い込んで潜っていった。

大川は、一番深いところで十尋《ひろ》（約十五メートル）ほどと言われている。

さすがに流れは速いが、二人とも押し流されるようなことはない。

二人は申し合わせたように、川の中央、最も深い水底の方へと潜り込んだ。

濁っているが、鬼の力でよく見える。鈴香の束ねた長い髪が藻《も》のように、しなやかに揺らめいていた。

底には大小の岩や、驚いて逃げる魚、朽ちた舟や櫂《かい》などが見え、他にめぼしいものはなかった。

と、鈴香が妙の肩を叩いた。見ると上流の方を指している。

目を凝らすと、吊り上がった二つの光る眼と黒い体が見えるではないか。

（やはり、いた……！）

妙が思うと同時に、黒い影は川上の方へと素速く逃げ去っていった。

鈴香と一緒に、妙は流れに逆らって追いはじめたが、さすがに水に棲むあやかしは急流などものともせず見る見る影を小さくし、やがて見えなくなってしまった。

いったん二人で浮上し、息継ぎに水面から顔を出した。

そこへ烏が妙の頭の上に飛来し、

「もっと上流の方に大勢の河童が……！」

そう話しかけてきた。

本来の姿に戻った明烏である。

妙は頷き、再び鈴香と一緒に上流へと抜き手で泳ぎはじめた。

すると河原を、真之助や小太郎、犬と猿の姿に戻った伏乃と紅猿も一緒に走る姿が見えた。

「あそこか……！」

妙は言い、彼方に黒い影の群れが見えた。

川津屋か、いや、その隣の摂津屋が河童たちに襲われたようだ。

黒い影たちは酒樽を抱え、続々と列を成すように堤から下りて水の中へと入ってゆく。どうやら酒樽が目当てだったのだろう。

妙も鈴香も水から上がり、小太郎や三人娘たちと一緒に河原を走った。

素足でも痛くはなく、足元など見ずとも、二人とも岩や廃材などを巧みに飛び越えて進んだ。

只の人である真之助だけが、かなり遅れて必死について来ていた。

「待てえ……！」

真っ先に迫った鈴香が叫び、左肩からスラリと大刀を抜いた。

妙も十手を手にしたが、河童たちは実に異様だった。全身ヌラヌラした緑色の肌に黒い前髪、脳天には皿らしきものがあり、背には亀のような甲羅があるようだ。

吊り上がった両の眼が光り、嘴《くちばし》が突き出て、尖《とが》った爪のある手足には水かき、まさに小太郎が言った通りの河童の姿である。

全部で十人ばかり、いや十匹と言うべきか。

みな似たような顔をしているが、身の丈《たけ》はばらつきがあり、大きいもので五尺（約一・五メートル）ほど、小さいものは子供ぐらいの背丈である。

それらが中身の入った二斗《と》（二十升）樽を軽々と抱えているではないか。

「盗った物を置いてゆけ、斬るぞ！」

鈴香が怒鳴ると、言葉は通じるようで一匹が酒樽を河原へと置いたが、いきなり飛びかかってきたのだ。

「く……！」

鋭い爪と嘴を避け、鈴香が呻きながら刀身を振るうが、相手も身軽に跳んで躱していた。

他の連中も樽を置いて襲いかかって来たので、妙も十手で応戦。

駆けつけた小太郎も脇差の鬼斬丸《おにきりまる》を抜いてかかり、犬と猿の姿になっている伏乃と紅猿が受けて立ち、明烏は上から河童の頭を嘴で突ついた。

「な、なんだ、これは……！」

ようやく追いついた真之助が息を切らして、騒然となった河原を見回した。

「麻生様は、摂津屋を見に行って下さい！」

「お、おう……」

妙に言われ、真之助は鯉口《こいぐち》を切りながら堤を駆け上がった。

そして紅猿の奮戦に河童たちは怯《ひる》んだか、置いた酒樽もそのままに次々と水の中へと逃げ込んでいった。

やはり猿が苦手というのも本当だったようだ。

「追わない方がいい。水の中では奴らに敵わないでしょう」

小太郎が言い、妙も鈴香も水に入るのは断念した。

やがて河童たちが悉《ことごと》く川に入ったので、妙たちも堤を上って摂津屋の敷地内に入って行った。

酒蔵の戸が開かれ、その前には多くの奉公人が倒れている。

数人の奉公人は、顔も身体も鉤裂《かぎざ》きにされて呻いているが、死んだ者はいないようだ。店は閉めたが、まだ寝るような刻限ではなく、主が狼狽《うろた》えながら呆然《ぼうぜん》と立ちすくんでいた。

無傷の奉公人たちも出て来て、慌てて倒れた者の手当てをはじめている。

「なんと、容赦が無いな……」

真之助が見回して言う。妙と鈴香も、ずぶ濡れの晒し姿だが、構わずに手当てを手伝った。

「こ、これは一体、何事でございますか……」

隣の川津屋からも、伊兵衛が出て来て妙に訊いた。

「盗賊たちは、酒樽を河原に置いて逃げました。でも今は手当てが先です」

妙が皆に向けて言うと、ようやく我に返ったように摂津屋の主が口を開いた。

「摂津屋の宗右衛門《そうえもん》でございます。一体、どのような刃物で……」

「恐らく素破の使う、手甲鉤《てっこうかぎ》という熊手のようなものかと思われます」

妙が答えた。まさか河童の爪などと言うわけにはいかない。

傷を負った奉公人たちも、ろくに河童たちの姿は見ておらず、物音に駆けつけたときにはいきなり襲われたようだった。

「お妙さん」

囁き声がしたので振り向くと、庭の隅に伏乃がいて、妙と鈴香の着物や草履を持って来てくれた。

妙が受け取ると、伏乃は頷いて姿を消した。小太郎や明烏と紅猿も、人が多いところを避けて引き上げたようだ。

「南京錠《なんきんじょう》が引きちぎられているぞ。相当な力だ……」

真之助が、破られた酒蔵を見回しながら言った。

やがて怪我人たちが家の中へ運ばれ、手の空《あ》いた者は河原に下りて酒樽を回収しはじめた。

妙は着物を着て帯を締め、鈴香も身繕いをして大刀を腰に帯びた。

「明日また話を聞きに来る。戸締まりを厳重にな」

「あ、有難うございます。早くに駆けつけて下さり、おかげさまで荷は戻りました」

「では引き上げる」

真之助が言うと、伊兵衛が辞儀をして川津屋へと戻って行き、宗右衛門も何度も頭を下げ、やがて真之助と妙、鈴香の三人は再び堤から河原へと下りて行った。焚き火を消さないといけないし、また川に異変があるかも知れない。

最後の酒樽を持った奉公人がすれ違って上がってゆくと、ようやく辺りは静かになった。

三人は河原沿いに下流へと歩くと、水路に舫った舟からほっかむりの男が顔を上げた。どうやら寝しなに舟の手入れをしていたのだろう。

「なんの騒ぎですかい」

「甲太か、摂津屋が襲われたのを見なかったか」

真之助が言い、妙も甲太の顔を見た。

「いいえ、あっしはずっとここに居りやしたから」

「そうか、盗賊が出たようだからな、川津屋も気をつけていろ」

「へい」

甲太が頷くと、真之助と妙たちは下流へと向かい、さっき焚き火をした場所へと戻った。

火も消さずに川上へ走ったので心配していたが、すでに焚き火は消えていた。

見回すと、もう大川には何事も起こらないようだ。

「よし、今日は帰ろう」

河童の出現に嘆息しながら真之助が言い、一同は堤を上がった。

妙と鈴香は、自らの熱で湿った晒しを乾かしながら歩いた。

「相当にすばしこい奴らだ」

「ええ、それに小柄でも力がありそうですね」

妙は、鈴香に答えた。

「酒を奪えなくて怒っていることだろう」

「でも、いきなり我らが来たことに驚いてもいるでしょうから、今宵また摂津屋が襲われるとは思いません」

「ああ、そうだな」

鈴香は言い、やがて三人は別れ、それぞれの家へと戻ったのだった。

第二章　片恋《かたこい》は流れのままに

一

「怪我人の具合はどうだ」

朝、真之助は摂津屋を訪ねて宗右衛門に訊いた。

「はい、おかげさまで大事に到りませんでした。鉤裂きの傷痕も浅いもので、じきに癒えることでございましょう」

宗右衛門は、すっかり落ち着きを取り戻したように答えた。酒蔵は破られたが、酒樽の大部分は戻っているのである。

摂津屋の縁側である。空は花曇り、また一雨来そうな怪しい雲行きで、大川の流れも相変わらず普段よりずっと速い。

宗右衛門は恰幅《かっぷく》の良い五十前後で、子が無く連れ合いも亡くし、番頭や手代《てだい》など多くの奉公人を一人でとりまとめていた。やはり隣の川津屋とは男やもめ同士、何かと親しくしているらしい。

「そうか、それは良かった」

「盗賊は、どのような連中なのでしょうか」

「さて、食い詰め浪人か流れ者の破落戸か、ここしばらく平穏だったのにな、とにかく戸締まりを厳重にな。我らも何かと見回りを増やすことにする」

真之助も、河童とは言えないので、そのように答えておいた。

「よろしくお願い致します」

宗右衛門が頭を下げて言い、真之助が腰を上げると、その袂にそっと包みを差し入れた。

妙などは賂《まいない》を嫌がるが、まあ昨夜はいち早く駆けつけたのだから、少々もらっても構わないだろう。

真之助は摂津屋を出て、脇の路地から土手に出た。

川を見渡したが、今日も特に変わりはない。

水路の入口に、隣の川津屋の舟が舫われ、ちょうど甲太が出て来た。

この空模様ではしばらく舟も出せないようだが、感心なことに舟の手入れに余念がないようだ。

「これは旦那」

甲太が、いつものようにほっかむりのまま会釈してきた。

「そんなところに立っていても、お美代は来ませんぜ」

「なんだと」

言われて、真之助は眉を険しくさせた。河原を見回し、美代でもいないかと思ったことは確かである。

「旦那がお美代に一目惚れしたってこたあ顔に書いてありまさあ。だが、お美代を狙っている男がいますんで」

「それは貴様のことか」

「滅相もねえ、俺あ女なんざ面倒なだけだ。狙ってるのはうちの旦那ですぜ」

「川津屋の伊兵衛が……？」

真之助は、あの人の良い伊兵衛の顔を思い浮かべた。確かに、伊兵衛が後添えを求めても不思議はない。

「ああ、後添えにどうかって腹づもりでさあ。お春ちゃんもお美代に懐いているようですから」

「ならば正式な話ではないか。狙ってるなどと下卑《げび》たことを言うな。どちらにしろ、俺には関係ねえことだ」

「へへっ、まああっしにも関係ねえですがね」

甲太は口を歪めて笑うと、いきなり土手から下の舟へ飛び降りた。揺れる舟の上でも甲太はよろけもせずに立った。

「お前、何か武芸をしていたのか」

「さあ、旦那も降りてきたら教えやすぜ。そら、こいつを返して欲しいでしょう」

からかうように甲太が、真之助の帯から抜き取った十手をヒラヒラ振って言った。

「き、貴様、愚弄《ぐろう》するか！」

真之助は激昂《げっこう》し、後先も考えずに舟の上へと飛び降りていた。

高さは一間（約一・八メートル）ほどだから大したことはないが、何しろ下は揺れる舟である。

「おっと……」

降り立った真之助はよろけて水に落ちそうになったが、すぐに甲太が袖を摑んで支えてくれ、素速く十手を真之助の帯に戻していた。

「な、舐めやがって……！」

真之助は、小柄な甲太に覆いかぶさるように両手で帯を摑んだ。

甲太も真之助の帯を両手で摑み、互いにがっちりと組み合った。

「無理ですぜ、旦那。舟の上で船頭に敵うわけはねえ」

「てめえ……！」

言われて真之助は両足を踏ん張って引き寄せ、投げを打とうとした。

幼い頃から相撲は得意だったが、小さな甲太の両足は根が生《は》えたように微動だにせず、相当に足腰が強いようだ。

しかも着物を通して感じる筋肉も硬く、まるで真之助は岩にでも組みついているような気になった。

「おのれ……！」

真之助は力比べのように相手の足を浮かそうと必死になったが、逆に自分の方が爪先立ち、気づいたときには全身が宙に舞っていた。

「うわ……！」

空と水面が上下に入れ替わり、たちまち真之助は水の中に叩き込まれていた。

（つ、冷てえ……！）

真之助は思い、全身を硬直させた。

こんな水の中に、しかも夜に潜った妙と鈴香はやはり大したものなのだと思った。

とにかく水を飲まないよう息を詰め、浮上しようともがいた。

すると、続いて水音がして近くに白い泡が立ったので、甲太が助けに来たと思ったら、それは甘い考えであった。

押し寄せる水圧とともに何者かが真之助の足首を摑み、速い流れの中で深い方へと引っ張り込んで行くではないか。

(こ、甲太か……!)

真之助は深みに引っ張られながら、水の中で抜刀して足元を見た。

ほっかむりの下から覗く眼が光り、あとは濁った水で全身までは見えない。しかし足首に爪が食い込み、どんどん深みに引っ張られていった。

(よ、四人目の土左衛門になるのか……)

真之助は必死にもがいたが、水面を射す薄日も遠ざかり、息を吐ききってしまうと気が遠くなってきた。

と、その時である。

何やら色鮮やかなものが視界の隅に入り、それが近づくと甲太の手を振り放しはじめたではないか。

（お、お妙か……？　いや……）

遠ざかる意識の中で思うと、間もなく足首から甲太の手が離れ、同時に激しい勢いで真之助の体は水面へと浮かび上げられた。

鮮やかな色合いは、相手の着物の柄のようだ。

そのまま河原まで引きずられ、真之助は朦朧《もうろう》としながら仰向けに横たえられた。

右手には、抜き身を握りしめたままである。

曇りがちなのに空を眩《まぶ》しいと思ったが、すぐに影が覆いかぶさり、唇に柔らかなものがピッタリと密着してきた。

（女の口か……？）

真之助は思い、熱く甘い息を吹き込まれながら肺腑《はいふ》が満たされてくると、徐々に息遣いが戻って正気を取り戻していった。

あまり水も飲まなかったのか、ようやく眼を開くと目の前に迫る女の顔があった。

（お、お前は……）

真之助は思ったが、そのとき、

「麻生様……！」

遠くで妙らしき声がし、足音が聞こえてきた。

すると目の前の女は身を離し、真之助から素速く離れていったのだった。

そして足音が耳元に迫ると、

「大丈夫ですか！　麻生様！」

肩を揺すられ、真之助も我に返った。

支えられながら身を起こすと、やはり妙が駆けつけてくれたようだ。

「お、お妙か、済まん。四人目の土左衛門になるところだった……」

「もう！　心配させないで下さい」

言うと、妙もほっとしたように答えて河原に座り込んだ。

真之助が周囲を見回すと、甲太も女も誰もいない。

土手にも人けはなく、真之助と甲太が舟の上で争ったのも、誰も見ていないようだった。

「甲太はいないか。奴は河童だ」

「どこにもいません」

「俺を助けた女の姿を見たか」

「いいえ……」

妙は首を横に振って答えた。

「自分一人で助かったとは思えん。どこかにいないか」

「いません」

妙がきっぱりと言い、真之助はノロノロと立ち上がって刀を納めた。

幸い、大小も十手も奪われなかったようだ。

「とにかく番屋へ行って着物を乾かしましょう」

「あ、ああ、莨がびしょ濡れだ……」

真之助は懐中を押さえて言い、なんとか歩きはじめた。

河原から堤に上がり、番屋へ向かいはじめたが全身ずぶ濡れなので、人に見られてみっともない。

妙も、やれやれと嘆息しながら歩いた。

甲太が河童というのは、昨夜、妙も甲太を一目見て人ならぬものを感じていたから納得していた。

そして駆けつけたとき、仰向けの真之助に覆いかぶさり、口移しに息を吹き込んでいた女が、恐らく美代だろう。

真之助には言わなかったが、妙が近づくと、女はすぐに離れるなり水に飛び込んで姿を晦《くら》ましたのである。

（お美代も河童……）

そのように妙は察し、また太い溜息をついた。

（また難儀な女に惚れて……）

妙は思い、やがて濡れ鼠の真之助と一緒に番屋に入ったのだった。

二

「へ、へーくしょい……！」

番屋で襦袢と下帯《したおび》姿になり、真之助は火鉢を抱え込んで勢いよくくしゃみをした。

鴨居《かもい》に張った紐には、羽織と着物に襦袢が干されている。

いま真之助が着ている襦袢と下帯は、下っ引きが急いで揃えてくれたものだ。

「大丈夫ですか」

妙が、真之助の大小と十手を拭きながら訊いた。

「あ、ああ、着替えたら、すぐにも甲太をしょっ引きたいが」

「たぶん、もう行方知れずでしょうね。正体を明かしたんだから」

妙は言い、拭いた大小の刀と十手を置き、鞘を乾かした。

いま下っ引きは真之助に莨を買いに行かされているので、番屋には妙と真之助の二人きりである。

「河童は相撲が得意と言うが、本当だったのだな……」

真之助は、悔しさが甦ったように言ったが、まだ妙は、お美代までが河童というのは気の毒な気がして口を閉ざしていた。

そこへ下っ引きが戻って来て、莨と古着を渡してくれた。

真之助は急いで着物を羽織り、煙管に莨を詰めて火を点け、ようやくほっとしたように煙を吐き出した。

「じゃ、あたしは甲太を探してみますね」

「ああ、頼む」

真之助は頷き、妙は番屋を出て再び川沿いに上流へと向かった。

まずは川津屋へ行って伊兵衛に会って訊いたが、やはり甲太はおらず、どうやら姿を晦ましたようだった。

春に会うと、遊んでやらなきゃいけないのですぐ川津屋を出て、隣の摂津屋へ寄ってみたがめぼしい収穫はない。

昼近くなったので、妙は小太郎の裏長屋へと向かった。

たつやで圭におにぎりを作ってもらうのは遠回りなので、妙は途中で巻き寿司や稲《いな》荷《り》寿司などを多めに買い込んだ。

以前の狐騒動の時は、油揚げや稲荷寿司が店から消え去ったが、やはり此度は胡瓜が姿を消すのだろうか。

裏長屋を訪ねると、妙が思った通り小太郎だけでなく、紅猿、明烏、伏乃の三人娘もいて、妙の買って来た昼餉に歓声を上げた。

そして五人で昼餉を摘みながら、妙は甲太と美代のことを話した。

「そうか、甲太だけでなく、お美代という女も河童ですか……」

小太郎が巻き寿司を食べながら言う。

「ええ、すでに清吉とお美代の夫婦が亡き者になっていて、河童がお美代に化けているんだと思います」

妙も稲荷寿司を摘みながら言った。

これで三人の土左衛門のうち、二人の身元がほぼ知れたことになるが、もちろん推測だから大っぴらには出来ない。

「実は昨夜、騒動のあった摂津屋を上から見ていたんですが」

明烏が口を開いた。

「あの宗右衛門という男、人じゃないようですよ」

「え……！」

妙は驚いた。やはりあやかしは、一目で人かそうでないか区別がつくのだろう。

「では、すでに一人目の土左衛門が宗右衛門で、河童たちの手引きを……」

「土左衛門と宗右衛門て、なんだか似ていて可笑しいわ」

妙が呟くと、いちばん幼げな伏乃がクスクス笑って言った。

宗右衛門が河童の親玉の化けたものとするならば、これで三人の土左衛門の全てが判ったことになる。

「では、酒蔵の南京錠を引きちぎったのは……」

「店に手引きした者がいないか、疑われないようにしたのでしょうね」

妙が言うと、小太郎が答えた。

「では宗右衛門が、怪我をした奉公人たちを前に立ち尽くしていたのも芝居……」

「おそらくそうでしょうね。まずは川にいる手下の河童たちに酒を振る舞うつもりだったのかも」

小太郎が言うと、今度は紅猿が話しはじめた。

「実は今日の朝、摂津屋へお酒を買いに行ったついでに奉公人に話を聞いたんです」

「そう、それは助かるわ。宗右衛門には会った？」

「いいえ、いない頃合いを見て行ったんです。こちらがあやかしだと知れるといけないので」

妙が訊くと、紅猿が言う。

確かに、猿を嫌う河童にしてみれば、娘の姿をしていても、すぐにも紅猿の正体が知れることだろう。

もっとも親玉ともなれば動じることなく、それなりの対応は出来るだろうが、こちらにあやかしがいることは、まだ知られない方が良い。

そして他の奉公人たちが紅猿を見ても普通に接していたらしいので、まだ摂津屋に宗右衛門以外の河童はいないということだ。

見ると本の山の横に、摂津屋から買ったらしい二升徳利が置かれていた。小太郎も三人娘も、それなりに酒は嗜《たしな》む。

「そこで、奉公人から面白いことを聞き出しました」

紅猿が言い、巻き寿司を飲み込んでから再び口を開いた。

「隣同士の宗右衛門と伊兵衛は、舟に酒樽を積んで運んで来る取引もあって、前から仲良かったらしいです」

「うん、それは聞いてるわ」

「そこで、男やもめ同士なので、どちらかが死んだら相手の身代《しんだい》を任そうという約束が取り交わされていたようです」

「そ、それじゃ……、伊兵衛が死ねば、宗右衛門は摂津屋と川津屋の両方を手に入れられる……」

「そういうことになりますね。逆に、河童の宗右衛門が退治されれば、伊兵衛が両方の主になる」

「伊兵衛さんは良さそうな人で、やはりお春ちゃんのために後添えを探しているようですね。そういえば麻生様からチラと聞いたけど、お美代を後添えに考えているようなことを……、甲太の話らしいから、どこまで本当か分からないけど」

「それは厄介です」

　食べ終えた小太郎が言った。

「お美代が後添えとして川津屋へ入り込めば、伊兵衛を亡き者にするなど造作もないことでしょう」

「ええ、ただお美代は、麻生様が甲太に川へ引き込まれたとき助けてくれたんです。

しかも溺れた麻生様に、口付けで息を吹き込んで」

「あらまあ……！」

妙の言葉に、三人娘が頭を抱えた。

「それはまた、きっと惚れてしまいましたね」

「前は女狐を好きになるし、懲りないのかしら」

「本当に厄介なことになりそうだわ」

三人が口々に言い、妙も苦笑するしかなかった。

「とにかく、必ずしも甲太とお美代が仲間とは言えないかも知れない、というところでしょうか。もっとよく調べないと」

妙が言うと、すっかり食べ終えた小太郎たちも神田明神へ行く仕度をはじめた。

やがて一同は腰を上げ、裏長屋を出た。

そして表通りで、小太郎と三人娘は神田明神の方へ、妙はいったん番屋へ戻ろうとして別れた。

「お妙」

と、そこへ今日の稽古を終え、昼餉を済ませたらしい鈴香が声を掛けてきた。

「ああ、良かった。相談したかったんです」

妙も答え、一緒に並んで歩いた。

すでに鈴香も河童騒動の渦中にいるのだから、知っていることは全て話しておかなければならない。

「隣同士にある二軒の大店か」

「ええ、相手は狐狸と違って、川へ逃げられたら手も足も出ません」

二人は話し合いながら、番屋の方へと向かったのだった。

三

（居るとは思えんが……）

真之助は、浜町の長屋へ向かいながら思った。

番屋で昼餉を済ませ、借りた着物に大小と十手を帯び、まだ湿っている羽織を着て出向いて来たのである。

幸い風邪もひかずに済んだが、元々体だけは丈夫な方だった。

何度か来ているが、直《じか》に訪ねるのは初めてで、美代の部屋の前に行くと、

『つくろひものいたします』

と書かれた板が、前に来たときと同じく下がっている。

「御免」

声を掛けて引き戸を開けると、中に繕い物をしている美代が居るではないか。

「あ、麻生様……」

「居たか、良かった。邪魔するぞ」

美代が驚いて顔を上げると、真之助は大刀を鞘ぐるみ抜いて立てかけ、上がり框に腰掛けた。

土間には竈《かまど》に鍋釜と水瓶、板敷きの部屋には筵《むしろ》が敷かれ、行燈《あんどん》に火鉢、畳んだ布団が二つ折りの枕屛風《まくらびようぶ》に隠されていた。

貧しいが、ごく普通の部屋で、むしろ遊び人のような清吉などいない方が小綺麗でこざっぱりとしているようだ。

「今お茶を」

美代が、火鉢に掛かる鉄瓶に手を伸ばして言う。

「構わないでくれ。それより、今朝方は川から助けてくれてかたじけない。礼を言う」

真之助が言うと、美代は急須に湯を注ぎながら、なんのことです、とも水練が得意なだけです、とも言わず、じっと押し黙っていた。

やがて茶を淹れた湯飲みが差し出され、真之助は一口すすった。

「お美代、お前は河童の一族なのか」

真之助が訊いても、美代は俯いて何も答えない。

しかし、真之助が近々ここへ来ることは分かっていただろうに、それでも姿を消さなかったのは、何か言いたいことがあるからではないのか。

「清吉が土左衛門だとすると、もう一人、女の土左衛門が本物のお美代で、お前はお美代に化けているのか。なんのために夫婦者を殺した」

言うと、ようやく美代が顔を上げた。

「人を殺《あや》めたのは、私ではありません。全て甲太が画策し、その手下たちがしたことです」

美代がきっぱりと言う。

「やはり、甲太たち河童の仕業なのだな。そしてお前も」

真之助が睨んで言うと、もう美代も目をそらさなかった。

「そうです。私は人の尻子玉を食らう、あやかしなのですよ」

美代が言うと、切れ長の眼がキラリと光ったような気がした。

「でも……」

ようやく美代が眼を落として言った。

「私は、人のはらわたを引きずり出すなんて因果なことは沢山で、こうして江戸へ来て人と同じ暮らしをしたいだけなんです」

「そうか……」

「他の河童たちも、人の暮らしをしたい思いは同じようですが、やはり欲に目がなく大店の身代を乗っ取りたいと思う連中ばかりで、私は兄貴分の甲太とは反《そ》りが合いません」

「川の底で、お前が助けに来てくれたとき甲太はすぐに退散したが、闘えば奴の方がお前より強いだろうに」

「それは私が、親玉の娘だからです」

「ま、まだ甲太の上に親玉がいるのか……」

「はい」

「それは誰か、すでに人の姿になっているのか」

真之助は畳みかけるように訊いた。

「麻生様だからお話し致します。それは、摂津屋の宗右衛門です」

「な、なんと……!」

真之助は硬直し、目を丸くした。

「では、本物の宗右衛門はすでに死んでいるのか。それが、三人の土左衛門のうちの一人だったのか……」

真之助は、呟くように言った。

そして河童が宗右衛門と美代に化けたが、清吉だけは取るに足らぬ男として、化けるまでもないと河童たちは思ったのかも知れない。

「すでに摂津屋は父のものです。さらに隣の川津屋も狙っています。それで甲太は、私に伊兵衛さんの後添えになれと迫っているのです」

「では、伊兵衛がお前を求めているというのは、やはり甲太の企《たくら》み事か……」

「ええ、私は伊兵衛さんに嫁ぐ気持ちなど少しもありませんし、伊兵衛さんだって、そう何度も会ったことのない私に執心するはずがないです」

言われて真之助は、相手が河童と分かっていても、どこかほっとしている自分があった。

恐らく甲太は美代に、色仕掛けで伊兵衛に迫れと言っているのだろう。

「なぜ俺を助けて、仲間内のことを何もかも話す」

真之助が訊くと、見る見る美代の目が潤んできた。

「そ、そのようなこと、お訊きにならなくてもお分かりでございましょう……」

「う……」

真之助は、心《しん》の臓《ぞう》を摑まれたような心地で呻いた。

どこか狐騒動を思い出させるが、この涙は本当と思いたい。

「私の願いは一つです。亡くなった三人は戻りませんが、これからは人に交じって平穏な暮らしがしたいだけなんです」

美代が、そっと袂の裏地で目尻を押さえて言う。

「ならば、二人で力を合わせて、親玉や甲太の企みを防がねばならん。力を貸してくれるか」

「はい……」

「父親とも敵対することになるが良いのか」

「ええ、構いませんし、縁を切る覚悟も出来ております」

言うと、美代はしっかりと真之助の目を見て頷いた。

「あの、娘の十手持ちは……？」

やがて美代が、思い詰めたように言った。

「ああ、お妙か。最も信頼出来る腕利きだ」

真之助は即答した。

美代は、溺れた真之助を介抱しているとき、駆け寄った妙を見ていたのだろう。

「思い合う仲なのですか……？」

美代が、覚悟を決めたような眼差しで訊いてきた。

「そんなことはない。あれは赤ん坊の時から知っている、妹のようなものだ。お妙も俺に対して同じ気持ちだろう」

真之助がまた即答すると、やや美代はほっとしたか肩の力を抜いた。

そして、美代は少し迷ったように黙っていたが、やがて意を決して口を開いた。

「……お妙という娘は、人ではないようですよ」

あやかしとして美代は、一目で妙が普通の人とは違うことに気づいていたようだ。

「ああ、分かっている。お妙は一年前の鬼騒動のとき、鬼のせいで人ならぬ力を宿してしまったと聞いている」

「そう、ご存じでしたか……、鬼とは、なんと恐ろしい……」

美代は、身震いするように言った。

真之助は、妙の話などする気はなく、懐中から莨入れを出した。

「喫《の》んでよいか」

てきた。

「ええ、どうぞ」

真之助が煙管に莨を詰めて訊くと、美代も答え、火鉢の炭を火箸で挟んで差し出してきた。

「河童たちは、いずれ奉公人たちに化けて摂津屋へ入り込むつもりだろうか」

真之助は一服し、紫煙をくゆらせながら訊いた。

「いいえ、人に化けられる力を持つ河童は限られております。父と、血筋である私、そして年を経た甲太ぐらいのもので、他は河童の姿のままです」

美代が答える。

してみれば、前の狐狸騒動のように全ての奉公人が、そっくり入れ替わるようなことはなさそうだ。

「では、もう土左衛門は出ないな?」

「はい、父は怪しまれることは避けたいでしょうし、私も手下たちに言い含めております。ただ甲太だけは凶暴で、お春ちゃんを川へ引き込もうとしたようですが、どうやらお妙さんが助けに来たので諦めたようです」

「そうか……」

甲太ぐらいになると、幼子ぐらいなら離れていても川へ引っ張り込む力があるのだろう。

「数はどれぐらいなのだ」

「父と私と甲太の他は、二十ばかり」

「そんなにいるのか……」

美代が答えると、真之助は火鉢に煙管の灰を落として言い、余りの煙をフッと吹いて莨入れに仕舞った。

「では、また寄る。何か動きがあるようなら知らせて欲しい」

「承知しました」

美代が答えて頭を下げると、真之助は腰を上げて長屋を出た。そして大刀を腰に帯び、番屋へと戻ることにした。

（宗右衛門にお美代が、河童大王と姫君、甲太は侍大将というところか。さあて、どこまでお美代を信じて良いものやら……）

歩きながら真之助は思った。

前の狐騒動があるから警戒心はあるが、美代といると心が和む。少なくとも、前のときのような悲しい結末は避けたいものである。

（しばし様子を見て、流れに身を任せるしかないか……）

真之助は思い、傍らの川の流れを見ながら歩いたのだった。

四

「おお、鈴香さんも来ていたか」

真之助が番屋へ戻ると、そこに妙と鈴香が揃っていた。

「ええ、河童退治を話し合っていました」

下っ引きは出払っているようで、妙が答えて茶を淹れてくれた。

真之助は大刀を置いて腰を下ろし、また煙管に莨を詰めて火を点けた。

「浜町にお美代さんは居ましたか」

「ああ、居た」

妙に訊かれ、真之助は煙を吐き出しながら答えた。

「では、お話ししたことを教えて下さい。私たちの知っていることと照らし合わせましょう」

「そうだな」

真之助も答え、美代と話したことを全て語った。なんと言っても、この二人とはともに闘うのだから隠し事をしても仕方がない。

もちろん真之助と美代の、互いの思いについては余計なことなので言わなかった。

そして妙も、知っていることを話した。

「なんだ、宗右衛門が河童の親玉ということは知っていたのか」

真之助は、美代から聞き出した最も大切な秘密を、すでに妙が知っていたことに肩を落とした。自慢じゃないが、それこそが自分と美代との信頼の証しだと思っていたのである。

「ええ、三人娘が探ってくれたんです」

妙は言い、さらに宗右衛門と伊兵衛の、どちらかが死んだら身代を譲るという約定のことも話した。

「では、いちばん危ないのは伊兵衛だな」

「そうですね」

「川津屋の見張りを強めた方が良いな」

真之助は言い、灰を落として煙管をしまった。

「では、もう土左衛門は出ないということですね」

「ああ、表向きはそうだが、あの甲太だけは何をするか分からん奴だ。それに、まだ宗右衛門の腹の内も分からん」

「ええ。それにしても、誰もが平穏を望んでいるのに、欲ばかりはどうにもなりません。まあ人同士も同じですけれど」

妙が言うと、鈴香も頷いて茶をすすった。

「いっそ、川津屋へ住み込んでしまいましょうか」

「それは良い。何かあってからでは遅くなるしな」

妙が呟くと、鈴香が大賛成した。

「お妙なら娘を助けたのだから、伊兵衛も難なく泊めてくれるだろうし、隣の摂津屋も近くから見張れる。良い考えだ」

鈴香が、自分まで住み込みたいように言い、妙は、きっと春が大喜びするだろうと思った。

「よし、これからすぐ行こう。私も付き添う」

鈴香が言って立ち上がると、真之助も反対しなかった。

「では、俺も岡っ引きたちに川津屋周辺を見回るよう采配してくる」

真之助が言い、三人は番屋を出た。

川津屋も、隣の摂津屋が襲われたばかりだから、用心棒が住んでくれるのは願ってもないことに違いない。

　やがて真之助と別れた妙は、一旦たつやに戻って今夜は泊まり込みになると二親に言い置き、鈴香も結城道場へ帰って父の新右衛門《しんえもん》と義母の雪《ゆき》にその旨を言ってから、女二人で合流して川津屋を訪ねた。

　伊兵衛に会い、妙と鈴香は事情を話した。

「そ、それは助かります。実は、摂津屋さんが襲われたので、私どもも、ご浪人さんでも雇おうかと考えていたところなのでございます」

　思った通り、伊兵衛は満面に喜色を浮かべて答えた。

「腕利きの女親分と、手練《てだ》れの鬼小町先生が居て下されば、正に鬼に金棒でございます」

　確かに得体の知れぬ酒くらいの浪人者などより、ずっと安心だろう。

　すでに妙も鈴香も、この界隈では知らぬ者がないほどに凄腕の評判が広まっているのだ。

「では、盗賊たちを一網打尽にするまで、お世話になることに致します」

「ええ、もういつまでもご滞在下さって構いませんので」

　伊兵衛は笑顔で答え、二人の部屋へ案内してくれた。奉公人も多い大店なので、二人分の部屋や食事など有り余っていることだろう。

「本当に、お妙さんが泊まってくれるの？　わあい！」

春も歓声を上げて妙にしがみついてきた。そして春は、侍姿の鈴香を見て少し身構えたが、

「お春坊か、私は恐くないから安心しろ。一緒に遊ぼう」

鈴香が笑みを浮かべて言うと、春もすぐ笑顔になった。

「あの、お役人の小父ちゃんより強そう……」

春は言い、さらに伊兵衛は妙と鈴香を、番頭や手代、丁稚《でっち》や女中たちに引き合わせながら家の中を回った。

もちろん妙も鈴香も、大店の間取りなどを頭に入れながら歩いた。

さらに庭に出て、蔵の間や水路の位置を見て回り、船宿や敷地の隅にある人足長屋にも顔を出してみた。

そこには五人ばかりの船人足たちが屯していたが、出入りしていた清吉はすでに行方知れずだし、船頭の甲太も逐電《ちくでん》しているので、博打などはしておらず、案外きちんと暮らしているようだった。

もっとも、妙と鈴香の二人が顔を見せれば、からかうような度胸のある者はいない

だろう。

「摂津屋との境や水路は、何か物音がしないか気をつけていてくれ」

「へえ、分かりやした」

鈴香が言うと、一同は頭を下げて答えた。

しかし妙と鈴香は、隣の摂津屋には顔を出さなかった。

本来なら、盗賊に襲われたばかりだから、摂津屋こそ用心棒が欲しいだろうが、何しろ宗右衛門と顔を合わせたら、妙と鈴香が鬼の力を宿していることを知られてしまうに違いない。

伊兵衛も、二人を宗右衛門には引き合わせなかったが、うちには用心棒がいるからお宅の方もご心配なくと、それぐらいは言ったようだった。

そろそろ日が傾き、二人は母屋へ戻った。

店も戸を閉めると、あとは帳簿をつけている奉公人の他は、順々に夕餉を取りはじめたようだ。

妙と鈴香も座敷に呼ばれて折敷《おしき》のご馳走を前にすると、二人の間にちょこんと春が座った。

むろん酒は断り、二人は春とお喋りしながら食事をした。

やがて食事を終えると、春が妙の手を引っ張って自分の部屋に招き入れた。

少しばかり遊ぶのは仕方がないだろう。それに間もなく春も眠くなってくるに違いない。

その間、鈴香は伊兵衛と話した。

「ときに、小耳に挟んだのだが隣の摂津屋宗右衛門と、どちらかが先に死んだら身代を譲るという約束だが」

「ああ……」

鈴香が訊くと、伊兵衛もすぐに頷いた。

「確かに、そんな約定を交わしました。互いに酒の上でのことでしたが、何しろ宗右衛門さんは私より十《とお》も年上なので、安心した勢いで約束したのです」

伊兵衛が答えた。

むろん宗右衛門も、まだ河童になる以前、只の人である頃の約束だから、単に親交を深める意味合いでの遣り取りだったのだろう。

「証文も？」

「ございます。双方同じものを認《したた》めました」

どうやら手文庫にでもしまってあるようだ。

「その約定についてはどう思われる？」

「はい、今となっては、私はあと十何年かしたらお春に婿を取り、その二人に店を任せたいです。もっとも、どちらかが死ぬまで約定は生きているのでしょうが」

伊兵衛が言う。

さして深刻そうでないのは、やはり十歳も年上で太り気味の宗右衛門の方が先に逝くと思っているのかも知れない。

そして仮に自分が先に死んでも、宗右衛門との長年の友誼《ゆうぎ》を壊すつもりはなく、娘には良く言い聞かせるつもりのようだ。

そのようなことを、伊兵衛は本当に人の良い笑顔で言ったのだった。

やがて春が眠ったようで、妙が戻って来た。

奉公人たちも各部屋に引き上げ、そろそろ寝る仕度をはじめているらしい。風呂は、火事を恐れてたまにしか焚かず、交代で湯屋へ行ったようだ。

「では、外を見回りに行くか」

「ええ、伊兵衛さんはどうぞ休んで下さいませ」

鈴香が言い、妙が頷いて伊兵衛に言うと、

「どうか、よろしくお願い致します」

伊兵衛が頭を下げて答え、妙と鈴香は外に出たのだった。

五

「静かだな」

「ええ、昨日の今日ですからね」

鈴香と妙は話し合いながら、水路から隣家との境まで見て回った。

川の流れはだいぶ収まってきていたし、人足長屋で酒盛りや博打などやっている様子もなかった。

明日あたりから普通に舟も出せるだろうから早寝したか、あるいは真之助に言われた伊兵衛が、連中に注意したのかも知れない。

「では、私はさらに家の周りを見てくる」

「はい、ではあたしは水路を」

妙と別れ鈴香が蔵の間から裏の方へと回って行くと、妙は水路沿いに目を凝らして見回った。

すると、そのときザブリと水音がしたので、妙が目を遣ると、なんとほっかむりの男が土手に飛び上がって来たではないか。

ほっかむりも着物もびしょ濡れだが、全く気にしないように男は二つの光る眼を妙に向けた。

「甲太だな。お前、麻生様を川へ引きずり込んだろう」

妙は、帯の十手に手をかけ、油断なく身構えながら言う。

「へへっ、何かと邪魔な同心だから片付けようと思ったが、どうやらお前の方が邪魔なようだな。お妙姐さん」

甲太は、一目で妙を人ならぬものと察したように答えた。

そして低く身構えるなり、いきなり勢いよく体当たりしてきたのである。

「く……！」

妙は十手を抜く暇もなく両手でがっちりと受け止め、押されながらも滑る足を懸命に踏ん張った。

「へえ、あの同心よりずっと手応えがあるじゃねえか」

甲太は余裕を見せて嘯《うそぶ》き、互いに両手で帯を摑んで投げを打ち合った。

妙も、岩石にでも組みついた思いで、甲太の怪力に押され気味だった。

（こ、これでは麻生様では敵わないだろう……）

妙は思い、押されるに任せて身を躱し、渾身《こんしん》の力で腰投げを打った。

「おう」

甲太が言うなり軽く体をひねり、逆に妙に足を絡《から》めてきた。

妙も必死に腰を落として堪え、帯を引いて足を飛ばし、互いに壮絶な投げ技の応酬になった。

「強《つえ》えな、惚れてしまいそうだぜ。それに甘い匂いが堪らねえ」

まだまだ甲太は余裕があるように言い、妙は水路の際まで押されていった。

水に落ちたら、たちまち甲太が河童の本領を発揮し、苦もなく妙の息の根を止めることだろう。

腰を捻って身を躱そうにも、甲太の足腰は頑丈で微動だにしない。

と、その時である。

「曲者《くせもの》か……！」

一回りしてきたらしい鈴香の声がし、甲太の動きが硬直した。

その一瞬の隙に妙は身を入れ替え、引き寄せながら激しく足を払った。

ようやく技が決まり、甲太は宙に舞ったがヒラリと回転して足から地に降り立ったのである。

その間に鈴香は抜刀して駆け寄って来た。

「おう、知ってるぜ。鬼小町か。二人揃って川へ引きずり込んでやろう」

甲太が二人を前に身構えて言ったが、そのとき、近間から呼子《よびこ》の音が聞こえてきたのだ。

どうやら周辺を張っていた岡っ引きの一人が、垣根越しに争っている妙の姿を見て仲間を呼んだようだ。

同時に、多くの足音が水路沿いに駆け寄って来た。

「チイッ！　ここまでか、残念だ」

甲太は顔を歪めて言い、水路に向かって駆けた。

そこへ鈴香が迫って、刀身を一閃《いっせん》！

甲太のほっかむりが斬られてハラリと落ちた。

見ると、前髪が横一文字に眉の高さまで刈り揃えられ、月代《さかやき》が丸く剃られているので、正に皿を載せた愛嬌《あいきょう》ある河童そのものではないか。

しかし大きな眼を光らせ、歯をむき出した形相は実に凶悪である。

「やはり河童か……」

鈴香が言い、あらためて妙も十手を抜いて迫った。十手で頭の皿を叩き割れば、さすがの甲太も力を失うことだろう。

「どうした……！」

真之助が怒鳴りながら庭に駆け込んで、さらに岡っ引きたちもなだれ込んで来て、その騒ぎに伊兵衛も飛び出して来た。

「お妙姐さん、またな。鬼小町も」

甲太は言って跳躍し、行く手を阻む妙の頭上を軽々と飛び越えるなり、そのまま水に飛び込んで行ったのだった。

怪力ばかりでなく、身の軽さや跳躍力も人並み外れていた。

「追うな、無理だ」

鈴香が言い、駆け寄った岡っ引きたちも水面を覗き込むにとどめた。

元より、すでに甲太の姿はなく、水面に頭を浮かべることもなかった。

暗かったので、岡っ引きたちは甲太の素顔を見ていなかったようだ。

「あれは甲太か」

真之助が妙に訊いてくる。

「ええ、相撲を取ったけど、さすがに手強かったです」

「お、お前なあ、無茶するなよ……」

真之助が呆れたように言うと、伊兵衛が前に出て来た。

「甲太ですって……？　うちにいた船頭の……」

「ああ、どうやら盗賊の手引きをしていたのが甲太だったようだ」

「そんな……」

真之助に言われ、伊兵衛は呆然となった。

流れ者だが腕の良い船頭として雇い入れ、伊兵衛もそれなりに甲太を信頼していたのだろう。

「とにかく、今宵は休んでくれ。引き続き、川津屋と摂津屋の周りは見回りを続けるので」

「お願い致します」

真之助が言うと、伊兵衛は一同に辞儀をして母屋へと入って行った。

「二度目はないだろう。私たち二人が居ると知れたのだからな」

「ええ」

鈴香に言われ、妙も頷いて二人は家に入った。

二人が与えられた部屋に行く前に、妙は念のため、部屋で眠っている春の様子を見に行った。

しかし、布団がめくられ、そこに春の姿はなかったのである。

布団に手を当てると、まだ温《ぬく》もりが残っていた。

「お春ちゃん！」

妙は胸騒ぎがして声を上げたが、どこからも春の返事はない。

「どうした。お春がいないのか」

その声にすぐ鈴香も駆け寄って言い、自分の部屋へ戻ろうとした伊兵衛も慌てて飛んで来た。

「まさかとは思うが、皆で家の中を探してくれ！」

「か、拐《かどわ》かされたのですか……」

鈴香が言うと、伊兵衛も声を震わせ、大慌てで奉公人たちを起こして回った。

奉公人たちも大童《おおわらわ》で探し回ったものの、各部屋から店、厨《くりや》に厠《かわや》、湯殿《ゆどの》から押し入れの中まで見たが春の姿はない。

「目が覚めたら、お妙の姿がないので探しに出たのかも」

「それならいいんですけど」

妙は不安に胸を震わせて答えた。

あのとき川に逃げ込んだ甲太が、素速く水路を伝って手薄の家へと忍び込み、春を掠《さら》ったのではないかという嫌な想像が湧いた。

ましてや甲太は、前に春を川へ引っ張り込んだのである。

「とにかく家の中は皆に任せ、我らは外を見に行こう」

鈴香が言い、妙も一緒に再び外へ飛び出した。

そして蔵の周囲から家の裏、水路の方まで見回ったが、どこもしんと静まりかえっている。

聞こえるのは家の中から、お春ちゃん、お嬢様、という奉公人たちの呼びかける声ばかりだった。

二人は人足小屋の連中も叩き起こし、春の捜索を手伝わせた。

そこへ、騒ぎに気づいたか再び真之助が庭に入って来たのだ。

「どうしたのだ」

「お春ちゃんがいなくなったんです」

妙は、なおも水路の隅々まで目を遣りながら答えた。

「なに！　甲太が拐かしたのか……」

言うと、すぐ察したように真之助が眉を険しくさせた。

「とにかく探さないと」

答えると、真之助はすぐ外へ飛び出し、岡っ引きたちに龕灯《がんどう》を用意させて捜索を開始した。

何しろ、暗闇でも夜目が利くのは妙と鈴香の二人だけである。

「ううむ、居ないな。仕方ない。こうなったら摂津屋を訪ねてみるか」

真之助が重々しく言い、どうやら河童の親玉らしい宗右衛門と相まみえる決意をしたようだ。

むろん表向きは、春が居なくなったので探すのに力を貸してもらうという立て前だろう。

妙も、今は宗右衛門と顔を合わせたくないので、そっと真之助についてゆき物陰から様子を窺うことにした。

「夜分恐れ入る。八丁堀の麻生だ。開けてくれぬか！」

真之助がドンドンと戸を叩いて言うと、やはり隣家の騒ぎは気づいていたようで、すぐに寝巻姿の宗右衛門が顔を出して来た。

「何事でございますか。騒ぎが聞こえ、いま様子を見に行こうとしていたところでございます」

「よし、分かった！」

宗右衛門が、いかにも眠たげに目を擦りながら言った。

「川津屋のお春が居なくなったのだ。拐かされたかも知れん。こちらに何やら異変はないか」

真之助も、油断なく身構えながら宗右衛門に言った。

「そ、それは大変でございますね。うちからも人を出して探させましょう」

宗右衛門は目を見開いて答え、すぐ奉公人たちを起こしに行った。

表面上は、いかにも人の良さそうな主人の様子で、心から隣家の春を心配している感じである。

そして摂津屋からもバラバラと奉公人たちが出て来て、岡っ引きたちに混じって周辺を探し回ってくれた。

それでも一向に春の姿はなく、手がかりが見つからない。

妙は、途方に暮れながら土手から河原へと降り立ち、周辺を隅々まで一人で見て回った。

すると、いつの間に迫っていたのか、川と水路の境目の河原に、甲太が這い出して来たではないか。

「甲太！　お前、お春ちゃんを……！」

妙が十手を構えて迫ると、甲太は蟇蛙《ひきがえる》のようにうずくまったまま光る眼を向けた。

「殺しゃしねえよ。あの小娘は、お前と鬼小町を倒すための切り札だ」

甲太が薄笑いを浮かべて言う。

「安心しな。事が済むまで丁重に預かるからよ」

「事とはなんだ」

「お妙姐さんが思っている通りのことよ」

「伊兵衛さんを亡き者にして、川津屋の身代を乗っ取ることか」

妙がじりじりと迫りながら言うと、

「よく分かってるじゃねえか」

甲太は動かず、両手と膝を河原に突いている。妙は四足の跳躍を警戒しながら十手を前に出した。

「全ては宗右衛門の言いつけか」

「大旦那の正体まで見抜いているか。さすがだな」

甲太は言い、妙はその背後の水の中に光る夥《おびただ》しい眼に気づいて身を強ばらせ、一人で河原へ下りて来たことを後悔した。

「仕掛けやしねえよ。楽しみは先へ取っておく」

甲太はからかうように言うなり、後ろへと飛んでザブリと水に潜り込んだ。

水面の波打ちが静かになり、光る眼も消え去ると、ようやく妙はほっと肩の力を抜いた。

そして十手を帯に戻して土手を駆け上がり、なおも捜索している人たちの中から真之助を見つけて近づいた。

「河原に甲太が現れました。お春ちゃんを預かるが丁重に扱うって」

「なに……」

聞いた真之助が頬を引き締めた。

「今は、それを信じるしかないでしょう。これ以上の捜索は無用かと」

「ううむ……、夜も更けたし、仕方ないか……」

真之助は頷き、まずは隣家の宗右衛門に、

「あとは私どもに任せて、今宵は引き上げてくれ。明日も仕事があろう」

言うと、なおも宗右衛門は心配するふりをしたが、やがて納得したように奉公人たちに言い、一同は摂津屋へと引き上げていった。

そして真之助は伊兵衛に迫り、

「甲太が、お春坊を預かっているとお妙に言ってきた。丁重に扱うと言っていたので今夜のところは、俺らに任せて休んでくれ」

伊兵衛は、とても眠れそうにないだろうが、これ以上の捜索が徒労に終わると知ったか、奉公人たちに休むよう言いつけた。

「良いのですか。まだ見つかっていないのに」

奉公人たちが心配そうに答えた。

「ああ、良い」

真之助が言い、伊兵衛が頷くと、奉公人や人足たちも疲れたか、やがて済まなそうに引き上げていった。

岡っ引きたちも帰ってゆき、残った妙と真之助と鈴香は、今後のことを話し合ったのだった。

第三章　風雲はらむ大川暮色

一

翌朝、真之助は朝一番で浜町の美代を訪ねていた。

やはり宗右衛門のことで、娘である美代に色々話を聞きたかったのである。

真之助は明け方まで、僅《わず》かに仮眠を取っただけだが、春を拐かされた伊兵衛などは一睡も出来なかったことだろう。

しかし長屋へ行くと、繕い物の木札がなくなっていた。

「居るか」

真之助は声を掛けて引き戸を開けたが、中はがらんとして、一切の家財道具が消え去っているではないか。

（姿を晦ましてしまったか……）

　途方に暮れながら、真之助が空いた部屋を見つめて佇んでいると、

「あら、八丁堀の旦那。お美代さんなら昨日のうちに引っ越しましたよ」

　ちょうど井戸端に出て来たおかみさんが言った。

「どこへ行ったか分からんか」

「いいえ、何も聞いてませんが」

「そうか、邪魔をした」

　真之助は答えて戸を閉め、その場を離れた。

　念のため大家を訪ねて訊いてみたが、

「はい、住み込みの奉公先が決まったと言うだけで、どこへ行ったかは全く存じ上げません」

　とのことであった。

　まあ天涯孤独なら行き先を言わないのも不自然ではないし、美代も後家になり、大店の妾になることなども有り得るので、大家も細かに詮索しなかったのだろう。

（なぜ、一言も言わずに消えたのだ……）

　真之助は思ったが、やはり言えない理由があるのだろう。

あるいは宗右衛門の命《めい》に従ったのではないかという、どす黒い不安が湧き上がったが、真之助は肩を落として小さく嘆息すると、仕方なく番屋へ向かうことにしたのだった。

川沿いに歩くと、まだまだ桜は盛りで、すっかり川の流れも穏やかになったので、今日から舟での花見も再開されることだろう……。

――同じその頃、妙は小太郎の裏長屋を訪ねていた。

いつもはおにぎりを持って昼時に行くのだが、今朝は小太郎が学問所へ出向く前の頃合いを見計らって来たのである。

「おはようございます」

「ええ、早いですね」

妙が入って挨拶をすると、小太郎もすっかり起きていて、学問所へと行く身支度を調えていた。

朝餉は、どこか途中で何か摘むのだろう。

「済みません、手ぶらで。川津屋のお春ちゃんが甲太に拐かされたものですから、急いでお知恵を借りようかと」

「なに、娘が掠われた……？」

言うと、小太郎も真剣な眼差しになり、上がり框に座った妙に向かい、話を聞く姿勢になった。

妙も、摂津屋と川津屋のこと、昨夜の経緯を順々に話した。

「そうですか……」

「あの、学問所に遅れるといけません。あとは歩きながらでも」

妙が言うと、小太郎も草履を履き、一緒に裏長屋を出た。総髪を束ねた小太郎は、いつもの着流しに丸腰である。

洗濯するおかみさんたちも遠くから二人を見ていたが、あまりに妙と小太郎が真剣な顔つきなので何も言わず、会釈を交わすだけで見送ってくれた。

「まず甲太の言う、お春ちゃんが無事というのは信じて良いでしょう。こちらを怒らせて、総掛かりで攻められる不利は避けたいでしょうし、まして摂津屋の主人が河童の頭目《とうもく》と知られているのですから」

「では、お春ちゃんは摂津屋の中のどこかに……」

「おそらく。そうそう水の中以外に連中の塒があるとも思えませんので」

歩きながら小太郎が言う。

確かに、摂津屋の中に春を住まわせ、宗右衛門が誰もその部屋に近づくなと厳命すれば、奉公人たちも言いなりになるだろう。

「では、三人の娘たちに摂津屋の中を調べさせましょう。敵は宗右衛門と甲太の二人だけですから」

小太郎が言うが、妙は、

（お美代も……）

心の中で思った。

まだ美代の心根は知りようもないが、とにかく真之助の密やかな思いを察すると、そう大っぴらに話せなかったのだ。

それに敵は宗右衛門と甲太だけでなく、二十匹ばかりの、子分の河童たちもいるのである。

子分たちは人に化ける術も持たず、言葉を交わすことは出来ないようだが、それだけに人の心の通じない恐ろしさがあるだろう。

「お願いします。あの三人は実に頼りになりますので」

妙は頭を下げて言った。

甲太は年中摂津屋の中にいるとも思えず、大部分は水の中ではないか。

だから宗右衛門一人ぐらいなら、変幻《へんげん》の力を持つ三人娘が、宗右衛門の目を掠めて忍び込むことぐらい造作もないことだろう。

やがて学問所へと向かう小太郎と別れ、妙が番屋へ行こうとすると、

「お妙、早いな」

鈴香が声を掛けてきた。

やはり幼い春が気になり、朝早くから出向いてくれたようだ。

「百さんに会っていたのか」

「ええ、昨夜のことを話すと、摂津屋を探るため三人娘を寄越してくれるようです」

「それは助かる」

鈴香は答え、一緒に番屋へ入ると、すでに真之助が一人いて、肩を落として莨を吹かしていた。

「どうしました」

「ああ、お美代が姿を消した」

妙が訊くと真之助は答え、ポンと火鉢に灰を落とした。

「そうですか、それはお気の毒ですが、すぐに行方は知れるでしょう」

妙が言うと、真之助は顔を上げて太い眉を段違いにさせた。

「なに、どういうことだ」

「三人娘が探りを入れています」

妙は答え、下っ引きがいないので三人分の茶を淹れた。

すると、番屋の戸が恐る恐る開き、刺し子の稽古着に袴姿の娘が入って来た。

「明鳥ちゃん」

「ああ、良かった。三人お揃いですね」

明鳥が愛くるしい顔で言って座ると、妙は彼女の茶も淹れてやり、余りの煎餅を出してやった。

「お春ちゃんが、摂津屋の離れに居ました。お美代が世話をしてます」

「なんだって……！」

明鳥が煎餅をかじりながら言うと、真之助が弾かれたように立ち上がった。

「も、もう分かったのか！」

「ええ、いま飛んで見てきたところです」

明鳥が言い、妙はそのあまりの素速い仕事に目を丸くした。

確かに烏の姿になれば、小太郎に命じられて摂津屋を探り、ここまでひとっ飛びだろう。

遊んでます」

「ニコニコしてました。前からお美代のことは好きだったようだし、一緒にお手玉で
明烏の言葉に真之助は、ううむと唸って座り直し、腕を組んだ。

「まさか伊兵衛も、春が隣にいるなど夢にも思わないだろうな……」

「ええ、寝込んだようで、今日はお店を閉めています」

明烏は、三枚ばかりの煎餅を全て平らげて答えた。

妙たちも早く安心させてやりたいが、それを伊兵衛に伝えるかどうか、少し話し合わなければならない。

伊兵衛も、宗右衛門を長年の交誼の相手と信じているだろうから、それが、河童が化けているなどと言って良いものかどうか。

「離れなら、逃げようと思えば逃げられるでしょうに」

「そこは、河童の術が効いているのでしょう」

明烏が言う。

確かに年期の入った河童ならば、離れたところから人を水に落とすような力も持っているのだから、春ぐらい操《あやつ》れるだろう。

まして頑是《がんぜ》無い春であれば、伊兵衛の仕事が忙しいので、少し預かる約束をしたとかなんとか言いくるめることも出来るだろうし、春は実に素直な子なのである。

「とにかく、川津屋へ出向きましょう」

妙が言って立ち上がると、真之助と鈴香も大刀を腰に帯びた。

明烏も一緒に番屋を出たが、

「じゃ私はこれで」

言って路地に入って行った。烏の姿になるところを真之助に見られないよう、離れてから飛び立ったのだろう。

やがて妙と鈴香、真之助の三人は川津屋へと向かったのだった。

二

「これは、お三方、ようこそ……、お春の行方は、何か手がかりが見つかりましたでしょうか……」

三人が訪ねると、伊兵衛は伏せってはいなかったものの憔悴しきって言った。

店は閉め、奉公人たちはなおも手分けして春を探し、近在を回っているようだ。

「実は、お春ちゃんの無事が分かりました」

「な、なんですって……！」

妙が言うと、それまで力の抜けていた伊兵衛は急に目の色を輝かせ、勢いよく前のめりになってきた。

「それは本当のことでございますか。一体どこに！」

「すぐ近くです。私の仲間が確かめてきたので間違いありません。食事も与えられ、何か言い含められたように、お美代と一緒に楽しく遊んでいるようです」

美代の名が出ると、真之助は少々複雑な面持ちをしたが、やはりその名を出さないわけにいかなかった。

「お、お美代というのは、前に出入りしていた船人足、清吉の女房ですね。ではお美代がお春を拐かしたと……？」

伊兵衛が言うと、妙は鈴香や真之助と目を合わせ、いよいよ言わなければならないと意を決した。

「伊兵衛さん、この半月ばかりの間に、大川の河原に三人の土左衛門が上がったことはご存じですね？」

「え、ええ。それはいったいなんの話です……」

伊兵衛が、気勢を削がれたように目を丸くしたが、それどころではないと焦《じ》れたように身を強ばらせた。

「これは、ここだけの話なのですが、その三人は、清吉とお美代、そして摂津屋宗右衛門らしいのですよ」

「な、何をお言いです。宗右衛門さんは元気だし、今お美代がお春の相手をしていると仰ったばかりでしょうに」

「そう、この三人は仏になり、あやかしの河童が、宗右衛門とお美代に化けているのです」

妙が言うと伊兵衛は呆然とし、しばし何を言われたか分からないようだった。

「そ、そのようなあやかしが、この江戸になど……信じられません……」

伊兵衛は言い、ならば田舎の方なら、いてもおかしくないと思っているのかも知れない。

「いるのですよ。甲太が手下の河童を束ねているようです」

「甲太も、河童の仲間……」

「ええ、そして宗右衛門に化けた河童の親玉は、かつて伊兵衛さんと交わした約定を知って、この川津屋を乗っ取ろうとしているのです」

「そんな……、河童の親玉がいるのに、摂津屋さんが盗賊に遭ったのですか」

まだ頭がついてゆかないように、伊兵衛が言って視線を泳がせた。

だが、妙ばかりでなく鈴香も真之助も真剣な表情なので、いよいよ本当なのだと深刻な顔つきになってきた。

「あれは宗右衛門の狂言です。多くの酒樽を手下の河童たちに振る舞おうとしただけで、奉公人たちは何も知りません」

「あの宗右衛門さんが河童とは……」

伊兵衛は呟き、呆然と肩を落とした。それは、長年の友人がすでに死んでいることに気落ちしたのだろう。

「だから宗右衛門は甲太に命じ、まずはお春ちゃんを溺れさせようとした。そして弱った伊兵衛さんを亡き者にして身代を手に入れようとしたのです。それはなんとか防ぐことが出来ましたが」

言われて、伊兵衛も溺れた春を妙が救ってくれたことを思い出したように、微かに目の色を和らげて言った。

「ゆうべ、摂津屋の人たちも宗右衛門さんに言われ、多くの奉公人がお春を探してくれたではないですか。私はこれからすぐ、宗右衛門さんに会ってきます」

「いえ、今はいけません」

腰を浮かせかけた伊兵衛を、妙が止めた。

「なぜです。お話では、お春はきっと隣にいるのでしょう」

「私たちの話を聞いた以上、伊兵衛さんは宗右衛門と会っても普通ではいられないでしょう。あちらは白《しら》を切るに決まっているし、何しろ相手はあやかしの親玉ですからどんな術をかけてくるかも分かりません」

「で、では、どうしろと……」

「今はお春ちゃんの無事を信じ、あとは私たちに任せて下さいませ。何しろ宗右衛門と甲太の下には、二十ばかりの子分の河童たちがおります」

「それが、盗賊の正体ですか……」

「そうです。そしてこのことは、他の奉公人たちには決して言わないで下さい。今もお春ちゃんを探しているのは気の毒ですが」

妙が言うと、伊兵衛も不承不承頷いた。

「それにしても、河童とは……。私どもの稼業は水と縁が切れません。どうかなんとか皆様のお力でお春を取り戻して下さいませ」

「はい、どうかお任せを」

妙が言うと、鈴香と真之助も安心させるよう力強く頷いた。

「では、これにて。くれぐれも他言無用にお願いします」

妙が言い、三人は立ち上がった。

伊兵衛も玄関まで見送りに来たが、不安は拭い去れないようだ。

明日からは、普通に店を開けられるようになれば良いがと思いつつ、三人は川津屋を辞した。

「どうします。宗右衛門に会いますか。私と鈴香さんが出向けば、すぐ人ならぬものと判ってしまうでしょうが」

外に出ると、妙は真之助と鈴香に訊いた。

「やむを得んだろう。奴も、お春を掠って隣に住まわせているのだからな」

「ああ、舐めた真似をしているのだから、こちらも戦う気でいることを知らしめたら良い」

真之助と鈴香も、大きく頷いて答えた。

「では、敵陣に踏み込みますよ」

妙は言い、三人揃って隣の摂津屋へ行き、暖簾《のれん》をくぐって店に入った。

帳場にいた宗右衛門が気づき、驚いたように出て来た。

「これは、お三方お揃いで……」

宗右衛門は真之助に言い、妙と鈴香を見て頭を下げた。

妙は元より、鈴香の素性も知っているだろう。実際、盗賊騒動の時にはこの三人が庭に揃っていたのである。

むろん妙と鈴香に宿る、鬼の気を感じても動じる様子はない。

「その後どうだ。変わりはないか」

「はい、おかげさまで、何事もなく過ごしております。でも、お隣では娘さんが大変なようで」

真之助が訊くと、宗右衛門が眉を曇らせて答えた。

「酒蔵の錠は」

「はい、修繕致しました。それに用心棒も二人雇いましたので」

「なに、そうか」

「ええ、川津屋さんの方まで気をつけるよう申しつけております」

真之助と宗右衛門が話している間に、鈴香は店内の酒樽を見て回った。

「おお、灘《なだ》の良い酒があるな」

「お味見なさいますか」

うわばみで酒に目のない鈴香が言うと、いち早く宗右衛門が升《ます》を手に下りて来た。

「ああ、頼もうか」

鈴香が言うと、宗右衛門は樽の栓を抜いて、一合升に注いでから手渡した。

受け取った鈴香は口をつけ、旨そうに一息に飲み干した。

「ああ、これは旨い。この四斗樽《しとだる》、結城道場へ届けてくれるか」

「有難うございます。畏まりました。それにしてもお見事な飲みっぷりで」

宗右衛門は笑顔で言い、すぐ奉公人を呼んで言いつけた。

「では、引き上げる前に庭の方を一回りしてみたいが」

「はい、どうぞお入り下さいませ」

真之助が言うと、宗右衛門はすぐ店から庭に通じる戸を開けてくれた。

三人は外に出て、庭に回ってみた。

宗右衛門は、そのまま帳場に残り、庭では奉公人たちが酒蔵を開けて荷の整理をしていた。

みな前からいる普通の人たちで、真之助たちを見て頭を下げた。

店から母屋の建物が続き、酒蔵が並んでいる。確かに、前に壊された南京錠も新しいものに替えられていた。

酒蔵がいくつか並び、その奥に普通の土蔵があり、離れはその奥らしい。

三人が入って行こうとすると、縁側で一杯やり、肴を摘んでいた二人の浪人者がジロリとこちらに目を遣った。

どちらも食い詰め浪人ふうで、三十前後のノッポとズングリである。

宗右衛門も、一応まわりの人々の目を晦ますため、盗賊を恐れるふりをして二人を雇ったのだろう。

「町方の出番はないぞ。我らがいるからな」

「同心に、女の十手持ちと女武者か。江戸はなんとも気楽で良いな」

二人が言う。妙と鈴香を知らないなら、最近になって江戸へ来たようだ。

酒が入った鈴香が、眉を険しくさせて前に出て行った。

三

「離れは奥か」

鈴香が奥を見渡して言い、妙も一歩進んだ。

すると二人が、縁側から身を乗り出して来た。

「離れには近寄ってはならん。前に住んでいた先代の七回忌で法要を済ませたばかりゆえ、中を清めているという」

ズングリが答えた。

宗右衛門が、用心棒や奉公人たちに、そのように言っているのだろう。

確かに離れは、母屋と土蔵の奥で木の茂みもあり、遠目からも様子が窺えない場所にあるようだ。

「ふん、酒問屋だから飲めると思い喜んで雇われたか。気楽なのはどっちだ」

「なに！」

ズングリが箸を持ったまま気色《けしき》ばむと、キラリと鈴香の大刀が閃いて箸が斬られ、目にも留まらぬ速さで刀身が鞘に納まっていた。

「こ、こいつ……！」

ズングリが根元だけになった箸を握ったまま目を剝くと、ノッポが縁側を下りて来て鯉口を切った。

するとと、いち早く迫った妙の十手がノッポの手首を押さえつけていたのだ。

「く……！」

ノッポは抜くに抜けず、妙も容赦なく鬼の怪力で抜刀を制していた。

と、そのとき離れの方から烏が一羽バサバサと飛んで来て、妙の肩に降り立ったではないか。

妙と鈴香による鬼の気を宿した眼光、さらに烏までがじっと浪人者を睨みつけ、二人はすくみ上がった。

『お春ちゃんはお昼寝しています』

『そう、じゃ起こすのも可哀想ね』

妙は、明烏と心の中で言葉を交わした。

「では、今日のところは引き上げましょうか」

妙が言い、十手をノッポの手首から離すと、烏もカアーと鳴いて再び空へ飛び去って行った。

「ふわ……」

浪人たちは声を洩らし、腰が抜けたように縁側にへたり込んだ。

「な、なんなんだ、貴様ら……」

ずんぐりが声を震わせて言ったが、妙と鈴香は踵を返し、庭を出て行くと、戸惑いながら真之助がついてきた。

帳場を覗くと、宗右衛門の姿はない。恐らく、今の庭の様子をどこからか見ていたのだろう。

「お、お前らなあ、あんまり無茶するなよ……」

表通りに出てから、呆れた真之助が嘆息混じりに言った。

「さて、どうしたものでしょう。お春ちゃんの無事は分かりました」

「甲太も、そう悠長なことはするまい。動くなら奉公人が寝静まった夜ではないか」

歩きながら妙が言うと、鈴香が答えた。

「やはり今夜も、川津屋へ泊まり込むか」

「ええ、出来れば甲太が仕掛けて来る前に、我々で密かにお春ちゃんを取り戻したいです。あのお美代が、どこまで分かってくれるか、あるいは抵抗するかは分かりませんが」

妙が言うと、真之助はまた複雑な顔つきになった。

「お前たち二人でか」

「いいえ、三人娘も来てくれるでしょう。麻生様は岡っ引きたちと、川津屋と摂津屋の境を張って下さいませ」

「あ、ああ、分かった。甲太の言う切り札のお春さえ取り戻せば、あとは伊兵衛だけ守れば良いのだからな」

真之助は言い、その采配のため、いったん番屋へと戻って行った。

妙と鈴香は、再び川津屋に寄り、夕刻からまた来ることを伝えてから、二人で湯屋に行った。

鈴香は、斬られていびつになった乳房を隠しもせず、二人で湯に浸かった。

「うちで昼餉にしよう。今宵も出向くことを父に言わねばならんし」

やがて体を洗い流して湯屋を出ると鈴香が言い、妙も誘われるまま結城道場へと行った。

鈴香も、決して義母の雪を避けているわけではないが、親たちを二人きりにさせてやり、勝手気ままに振る舞い、滅多に親たちと食事していないので、たまには一緒にと思ったのだろう。

「まあ、ようこそ、お妙さん。どうぞお上がり下さい。そうそう、鈴香さん、さっき摂津屋さんから酒樽が届けられましたよ」

雪は歓迎してくれ、妙も鈴香と並んで昼餉の折敷を前にした。

もちろん酒が届いても、昼間から飲むわけにいかないし、おそらく今夜も大仕事になるだろう。

鈴香の父、新右衛門もすっかり鬼師範という貫禄が薄れ、若い後添えの雪に夢中な好々爺《こうこうや》といった雰囲気になりつつあった。

「摂津屋の蔵が破られたようだな」

「ええ、隣の川津屋も危ないので、今宵また張り込みます」

新右衛門に言われ、鈴香は答えた。

「ああ、お前たち二人がいれば安心だろう」

新右衛門も、鈴香と妙の腕前は充分すぎるほど承知し、何も心配していないようだった。

やがて和やかな昼餉を済ませると、いったん妙は鈴香と別れて結城家を辞し、神田明神へと出向いて行った。

今日も境内は賑わい、奥へ行くと小太郎がいて、三人娘が軽業や手裏剣の芸をして多くの人たちの喝采を浴びていた。

妙が近くにある茶店の縁台に腰を下ろして待つと、すぐに気づいた小太郎がやって来た。

「その後どうなりました」

小太郎が隣に座って訊いてくる。

「ええ、今宵また鈴香さんと川津屋で張り込みます。甲太が動くのは夜更けでしょうから、その前にお春ちゃんを救い出したいのです」

「そう、では三人を行かせましょう」

小太郎も、察しよく言ってくれた。

「助かります」

妙が答えると、小休止に入ったようで三人娘も縁台に来た。

妙は皆に茶と団子を振る舞い、あらためて今宵のことを頼んだ。

「お妙さんと鈴香様の役に立てるなら嬉しい」

三人も団子を頬張りながら、大喜びで言ってくれた。

茶を飲み終えると妙が支払い、三人は見物客たちに急かされるように、また芸の場へと戻って行った。

やはり可憐な三人の凄い技は、待ちきれないほど相当に人々の人気をさらっているらしい。

「では、よろしくお願いします」

「ええ、気をつけて」

小太郎に言われ、妙は境内を出た。

そしてたつやに戻り、妙は店で辰吉と圭に今夜も帰らないことを言った。

飯時ではないので、店内には他に誰もいない。

「摂津屋の盗賊騒ぎか？」

辰吉が、莨を吹かしながら訊いてくる。

「ええ、泊まるのは隣の川津屋だけど」

妙は答えたが、細かに説明出来ないのが心苦しかった。

圭も、何かと妙の捕り物を心配はしてくれているが、御用の内容については口を出すことがない。

「まあ、お前のことだ。心配しちゃいねえ」

辰吉がポンと灰を落とし、新右衛門のようなことを言う。どちらも一線を退いて、穏やかな顔つきになったものだと妙は思った。

それにしても、辰吉も新右衛門も、跡継ぎが娘一人だけというのも複雑な心持ちであったろう。

「じゃ、あたしは行くね」

やがて妙は腰を上げ、二親に言ってからたつやを出た。

あとは真っ直ぐ川津屋へと行き、伊兵衛に迎えられた。

川津屋では、まだ多くの奉公人たちが春の捜索を続けているようだが、皆かなり疲れていることだろう。

「奉公人の皆さんに、もうお春ちゃんを探すのはやめさせて下さい」

「では……」

伊兵衛が、身を乗り出して訊いてくる。

「はい、今宵のうちにお春ちゃんを取り戻す目途が立ちました」

「本当でございますか」

伊兵衛は、期待と不安の入り交じった顔つきで言った。

「ええ、明日にもお店を開けられると思いますよ」

妙が答えると、そこへ、鈴香も顔を出して来た。

そして二人は部屋で、日が傾くまで春を救い出す打ち合わせをした。

夕餉が出され、妙と鈴香が手早く食事を済ませる頃に、暮れ六つの鐘が鳴って日が落ちた。

すでに、周辺には真之助の指揮で岡っ引きたちが張り込みはじめただろう。

そして姿は見えないが、三人娘も来て待機しているに違いない。

「では行くか」

「ええ」

二人は頷き合い、妙は十手を、鈴香は大刀を腰に帯びて立ち上がった。

庭に出ると、打ち合わせ通り二人は隣の摂津屋との境に行った。

垣根を越えると路地で、川津屋と摂津屋の間には細い水路が流れている。

見渡したが、特に河童の気配は感じられない。

摂津屋のある向こう側までは二間（約三・六メートル）ほどだが、二人とも助走もつけず跳躍して、難なく向こう側の路地に飛び移った。

そして茂みの中に身を潜《ひそ》めながら進むと、母屋の縁側の戸が開き、用心棒の浪人者が二人、庭の桜を見ながら一杯やっていたのだった。

四

（我らの気配に気づかぬとは……）

鈴香が心の中で呟き、妙も同じ思いだった。やはり二人の浪人者は、大した腕ではないのだろう。

だが、その時である。

「誰だ！」

ノッポの浪人者が言って、大刀を左手に庭へ下りてきたではないか。

そこへ、ワンワンと白犬が飛び出して吠え立てると、

「ひいい、なんだ、野良犬か……」

ノッポは驚いた自分に腹を立てたように抜刀し、素速く白犬に斬りかかった。

元より、伏乃である白犬は軽々と避け、茂みの中へ飛び込んで姿を晦ました。

「犬一匹斬れんのか」

ズングリの浪人が苦笑して言うと、

「野良にしては、やけに綺麗な白犬だったが……」

ノッポも呟きながら納刀し、再び上がり込んで盃をあおった。

その間に妙と鈴香は茂みを抜け、酒蔵の裏まで移動していた。

あとは母屋の縁側からは死角になっているので、二人は酒蔵の間を通り抜け、土蔵の裏へと回った。

もちろん警戒すべきは浪人者たちなどではなく、宗右衛門と甲太である。

宗右衛門は家の中だろうから、やはり最大の敵は甲太であろう。

やがて離れが見えてきた。土蔵と違い錠は見当たらず、窓からはうっすらと行燈の光が洩れていた。

と、そこへ烏が飛んで来て妙の肩に降り立った。

『お春ちゃんは眠っています。他に誰もいません』

明烏が囁くと、当然ながら妙のみならず鈴香もそれを聞いていた。

「罠ではないか」

「いえ、押し切りましょう」

妙は鈴香に答え、十手を右手に構えて離れへ向かって行った。鈴香も鯉口を切り、明烏はすぐ飛び去って離れの屋根にとまった。

離れは母屋からの渡り廊下もなく、完全に独立した小さな一軒家だ。広さからして八畳一間、あとは厠と小さな厨、納戸《なんど》ぐらいだろう。

周囲には誰もおらず、不穏な気配も感じられない。

妙と鈴香はそっと玄関を開け、草履のまま上がり込んだ。

部屋に入ると行燈が点いて布団が敷かれ、そこに春が軽やかな寝息を立てて眠っている。

折敷には空の器、畳にはお手玉やあやとりの糸が散らばり、恐らく春は夕餉のあと遊び疲れて眠ってしまったのだろう。

闘わずに春が取り返せるなら、それに越したことはない。

妙は屈み込み、十手を帯に差して春を抱き上げた。

「すぐ隣へ」

「ああ」

妙が言うと、鈴香も油断なく周囲に気を配りながら答えた。

すると妙の抱き上げた春が急に重くなり、生臭い匂いが感じられたのだ。

「う……！」

「どうした」

妙が呻くと鈴香が目を向け、見ると春の姿は緑色の小河童の姿に変じていたではないか。

妙が慌てて小河童を放り投げると、それは素速く玄関から逃げ出してしまった。

春に似た背丈の小河童とはいえ、河童の歳は分からないから、子供ではないのかも知れない。

だが小河童は人に化ける術など使えないだろうから、恐らく甲太か宗右衛門の策略であろう。

「お、お春は……？」

鈴香が言い、妙と一緒に急いで部屋の中を見回すと、その時いきなり押し入れの戸が開き、なんと春を抱いた甲太が這い出して来たのである。

春は、眠っているのか昏睡《こんすい》しているのか、目を閉じてグッタリとしている。

「おのれ……！」

鈴香が抜刀して迫ったが、それを妙が止めた。

「ああ、それでいい。近づくなよ。この娘を引き裂くぞ」

甲太が薄笑いを浮かべて言う。確かに河童は、南京錠を引きちぎることも出来る怪力だ。

「お春を離せ」

「そうはいかねえ。これは切り札だと言ったろう。まあ安心しろ。この娘はお美代がたいそう可愛がっているからな」

甲太は言い、じりじりと回り込んで玄関に進もうとしていた。春を抱いたまま水路に飛び込まれたら厄介である。

「そのお美代は……」

「ああ、母屋で女中として雇われているよ」

妙が訊くと、甲太が答えた。

女中といっても美代は、宗右衛門に化けた河童の親玉の娘なのだから、それだけで母屋に住めることだろう。

甲太は玄関に向かったが、何しろ春が捕まっているので妙も鈴香も攻撃が仕掛けられなかった。

だがそのとき、玄関から人の姿に戻った伏乃と紅猿が立ちはだかり、庭からは明烏が障子を蹴破って中に飛び込んできた。

「なんだなんだ、陸《おか》のあやかしが勢揃いか」

甲太は紅猿に怯みもせず不敵に言い、春の喉元に鋭い爪を向けると、一同は動きを止めた。

だが、そこへ思いもかけないことが起きた。

勝手口から飛び込んで来た美代が、なんと包丁を構えて甲太の脇腹に、ためらいなく切っ先を食い込ませたではないか。

背中は甲羅があるので、脇腹を狙い定めたのだろう。

「く……！」

不意を突かれた甲太は顔を歪めて呻き、思わず春を取り落とした。脇腹からは緑色の血が吹き出て、甲太は思わず美代に摑みかかった。

「お美代、お前……！」

「早く、お春ちゃんを隣へ！」

甲太に組み伏せられながら美代が苦しげに叫ぶと、いち早く妙が駆け寄って春を抱き上げた。

「お妙、あとは我らに任せて隣へ行け！」

「はい……！」

妙は鈴香に答え、急いで春を抱えたまま離れを飛び出した。

もちろん抱いた春が、河童の変じたものかどうか妙は駆けながら念入りに吟味し、どうやら本物のようだと確かめた。

庭へ回ると、なんと境の水路からは、わらわらと多くの河童たちが這い上がって来ていた。

皆ずぶ濡れの着物にほっかむりをし、身を屈めて迫って来る。

「お、お前は昼間の十手持ち」

「な、なんだ、こいつらは……」

縁側から二人の浪人者が下りて来て、ノッポが妙を見つけて怒鳴り、ズングリは庭に入り込んで来た河童たちに息を呑んだ。

とにかく襲いかかる河童たちを蹴散らしながら、妙は庭を抜けて路地に出た。

幸い、宗右衛門が出て来ることはなかった。

河童たちは、摂津屋に雇われた用心棒たちにも襲いかかり、浪人も抜刀して斬りかかったが、全身に小河童がまつわりついて身動きが取れなくなっていた。

「お妙、どうした！」

路地の向こう、大通りから騒ぎに気づいた真之助が声を張り上げてきた。

「甲太は離れに！」

妙は答え、春を抱いたまま水路を跳躍した。

水面からは多くの河童の手が伸びていたが、なんとか妙は向こう側に降り立ち、垣根を跳び越えて川津屋の庭に入った。

真之助や岡っ引きたちも路地になだれ込み、摂津屋の庭から急いで離れへと向かったようだ。

妙も離れの闘いが気になるが、今はとにかく春を川津屋へ戻すのが先決である。

するとと春が目を開け、抱かれながら妙を見上げてきた。

「お妙さん……？」

「ええ、もう大丈夫よ。しっかり摑まっていて」

妙は答え、母屋へと向かった。

するとすでに伊兵衛も心配で様子を見に、庭へ出て来ていたのだった。

五

「おお、お春……!」

伊兵衛が気づき、妙に駆け寄って来た。他の奉公人たちも出て来て、妙が抱えている春の顔を見てほっとしたようだった。

「もう大丈夫です。しっかり戸締まりをして、伊兵衛さんはお春ちゃんのそばから離れないで下さい」

「あ、有難うございます……、なんとお礼を……」

「とにかく中へ。ではまたあとで来ます!」

妙は春を伊兵衛に預けると、慌ただしく引き返した。それを見ると、伊兵衛もさすがに只事ではないと思ったか、言われた通り家に入り、奉公人たちも固く戸を閉ざしたのだった。

妙は水路に戻ると、なだれ込む岡っ引きたちに怒鳴った。

「奥はいいから、川津屋の周辺を守って!」

言うと、連中も素直に川津屋の路地の方に来て周囲を警戒しはじめてくれた。

もう水路に河童は見えないので、全て庭から離れへ行ったのだろう。

妙は水路を飛び越え、再び摂津屋の庭に入り込んだ。

二人の浪人者の姿は見当たらず、何も知らない奉公人たちも、何事かと庭に出て来ていた。

「お、お妙姐さん、いったい何が……」

「危ないから中に入っていて！」

構わず妙は怒鳴り、離れへと向かった。

奉公人たちも、前に盗賊に遭ったので恐れをなしたか、言われた通り中へと戻って行った。

しかし、母屋の中に身を潜めているのか、親玉である宗右衛門が一向に姿を見せないので不気味である。

妙が離れへ駆けつけると、なんと多くの河童たちが頭を押さえ、這々《ほうほう》の体《てい》で水路の方へと逃げ惑っているところだった。

見ると離れの前では鈴香が舞うように二刀を振るい、峰打ちで河童たちの頭の皿を叩いていた。

どうやら、斬るよりも峰で叩き割る方が効果があるだろう。

「鈴香さん、中は……！」

「刺された甲太は、ものすごい勢いで逃げてしまった」

訊くと、鈴香が二刀を鮮やかに操りながら息も切らさず答えた。

妙が鈴香を回り込み、迫る河童の脳天に十手を叩き込みながら離れの中に飛び込むと、どうやら闘いは終わっていたようだ。

刺し子の稽古着と袴で、人の姿に戻っている三人娘の、紅猿と明烏と伏乃が残りの河童たちを追い散らしていた。

妙が目を遣ると、隅に座り込んで放心している美代を、真之助が屈み込んで様子を見ているところだった。

「麻生様」

「ああ、甲太を取り逃がしたのは残念だが、このお美代が甲太を刺し、お春を救ってくれたようだ」

真之助が、美代の顔を覗き込みながら答えた。

畳には、甲太のものらしい緑色の血が転々と続いて包丁が転がっていた。

「ええ、それはあたしも見ていました。お美代さんのおかげで、お春ちゃんを助けることが出来たのです」

妙は答え、一緒に屈み込んで美代の様子を見た。

もう全ての河童たちも追い払われ、三人娘も心配そうに囲んできた。

やがて鈴香も、二刀を納めて入って来た。

「大丈夫ですか」

妙は十手を納め、美代の背に手を当てて訊いた。

美代は、甲太の爪にやられたわけでもなさそうなので、大丈夫かと訊いたのは、むろん仲間を裏切った心根のことである。

「ええ……、お春ちゃんは……?」

美代が、力なく青ざめた顔を上げて訊いてきた。

「無事に川津屋へと送り届けました。引き続き、店の周りは岡っ引きたちが守っています」

「ああ、良かった……」

美代は小さく答え、心底からほっとしたように肩の力を抜いて、寂しげな笑みを浮かべた。

美代が味方になってくれたことで真之助は安心したようだが、まだ妙は美代の思惑が分からず警戒は解かなかった。

と、そこへようやく宗右衛門が離れに顔を出したのである。

全てが済んでから出向いて来たのだろう。

「麻生様、これはいったいなんの騒ぎでございますか。また盗賊でも？」

宗右衛門が惚《とぼ》けて言い、真之助はジロリと睨み上げた。

「甲太が、隣のお春を拐かしていたのだ」

「甲太？　それは川津屋さんに雇われていた船頭では？　私どもとはなんの関わりもございませんが」

宗右衛門は、真之助ではなく、妙と鈴香、そして三人娘に油断なく目を配りながらも、穏やかな物言いで答えた。

「甲太は、この離れにお春を閉じ込めていたのだ」

「確かに、この離れは日頃から誰も出入りしていませんが、そこを悪事に使われたのなら迷惑千万です」

宗右衛門が、泰然《たいぜん》と構えて言う。

「この、お美代のおかげでお春を助けることが出来たのだ」

「ああ、お美代は今日からうちの女中として雇い入れたばかりです。前に出入りしていた船人足、清吉の後家ということで気の毒に思いまして」

　宗右衛門が言うと、妙は小さく嘆息した。

「ご主人、もう芝居を打って惚けるのはやめにしましょう」

「芝居？　お妙姐さん、それはどういうことで……？」

　宗右衛門はなおもとぼけ、妙は半年前の狐狸騒動を思い出した。

「宗右衛門さんの姿を借りたあなたは河童の親玉で、このお美代さんはあなたの娘でしょう」

「河童ですって……？　そんな突拍子もないことを」

　宗右衛門が言う。

　いかに紅猿が迫っても、これほど大物になればそうそう正体を現さないだろう。

　斬って緑色の血が出ればはっきりするだろうが、さすがに今ここでそんなことは出来ない。

「とにかく、隣のお春ちゃんが無事に戻ったのなら喜ばしいことです。どうか皆様、もう夜も更けましたのでお引き取り願えませんか」

　宗右衛門に言われ、ようやく真之助は立ち上がった。

　すると宗右衛門が屈み込み、力の抜けた美代を引き立たせ、

「大丈夫かい……」

労《いたわ》りながら、支えて離れを出て行った。

まあ父娘なら、甲太を刺したことでそう激しい折檻《せっかん》などされず、むしろ甲太の油断を責めるのではないか。

「仕方ない。引き上げよう」

「ええ、でも川津屋の見張りは続けますので」

「ああ、分かった」

妙に言われ、真之助も頷いた。

「では私たちは帰りますね」

「ええ、助かったわ。どうも有難う。百さんによろしくね」

妙は三人娘に言い、一同は行燈の火を消して離れを出た。

三人娘はすぐに姿を晦まし、真之助はいったん表通りに出て、なおも岡っ引きたちを采配して川津屋を守るようだ。

妙と鈴香は、また近道をして、もう河童たちの気配は一切無い水路を飛び越え、庭から川津屋の中に入った。

部屋へ様子を見に行くと、また春は安らかに寝息を立てており、伊兵衛も安心したように着物のまま添い寝をしていた。

「おお、お二人。今日はどうも有難うございました」

気づいた伊兵衛が身を起こして座り直し、妙と鈴香に深々と頭を下げ、春を起こさないよう静かに言った。

「ええ、あとは伊兵衛さんが襲われないよう、私たちが朝までお守りしますのでご安心を」

妙が言うと、

「本当に宗右衛門さんは、あやかしなのでございますか」

伊兵衛はまだ信じられぬ面持ちで尋ねた。

「本当です。宗右衛門の手下の甲太がお春ちゃんを掠い、隣の離れに閉じ込めていました。今日は危ないところをお美代さんに助けられましたが、これからも油断しませんように」

「お美代……、船人足清吉の女房ですね。確かに顔は見知っておりますが、それがお春を救ったとはどういう……」

「それもあやかしで、今の宗右衛門と親子のようです」

妙がきっぱりと言うと、

「ううむ……」

伊兵衛は腕を組んで呻き、やはりまだ頭がついていかないようだった。

「とにかく、明日からはお店も開けるでしょうから、どうか今夜はお休み下さい。もちろんお春ちゃんを、一人で遊びに出さないようにお願いします。私たちも気をつけていますので」

「はい、有難うございます。では休ませて頂きます」

伊兵衛はまた頭を下げ、妙と鈴香は与えられている部屋へと戻った。

「今宵はもう大丈夫だろう」

「そうですね。甲太と河童の大部分は深手を負ったし、そうすぐには動けないでしょうから」

妙は鈴香に答えた。

それでも用意された寝巻に着替えるつもりはない。二人とも鬼の力で、少々眠らなくても大丈夫である。

「あの二人の用心棒はどうしたでしょうか」

「一目散に逃げ出したか、あるいは川へ引き込まれて土左衛門になったかも」

「土左衛門は気の毒ですね」

「なあに、昼間から上等な酒をしこたま飲み続けたのだ。悔いはなかろう」

鈴香は事も無げに言い、置いた大小の横でゴロリと仰向けになった。

妙も障子を開け、隣の摂津屋の方が見えるようにして横になった。

もちろん寒くはないし、鈴香と交互に仮眠を取っても構わないだろう。

実際その夜は何事も起こらず、妙と鈴香は夜明けまで充分に体を休め、明け六つの鐘を聞いたのだった……。


――朝、妙と鈴香が朝餉を済ませると、そこへ真之助がやって来た。

川津屋も、奉公人たちがみな店を開ける準備をしていた。

「麻生様、昨夜はろくにお礼も申し上げられず」

伊兵衛は真之助を部屋に上げ、妙と鈴香も並んで座った。そして春も、二人の周りではしゃぎ回っている。

「お春、あっちへ行って一人で遊んでいなさい」

「いえ、ここでいいですよ」

妙が言って春を抱き寄せると、伊兵衛も警戒を思い出したように頷いた。

「ああ、とにかく無事に戻って良かった」

真之助は言い、女中の出した茶をすすった。そして莨を出し、火鉢の火を点けて一服した。

少々寝不足のようだが、何しろ春が無事に戻ったことで真之助も安心しているようだった。

「それでお隣の方は……」

「ああ、まだ宗右衛門とは会わない方が良いな」

伊兵衛に訊かれ、真之助は紫煙をくゆらせて答えた。

「まず昼間は大丈夫だろうが、あんたもお春坊も一人で出歩かない方が良い」

「承知致しました」

伊兵衛が答え、

「私たちも、夕刻からはまたこちらに来ますので」

妙が言うと鈴香も力強く頷いた。

「ああ、本当に心強うございます。よろしくお願い致します」

伊兵衛が言うと、真之助がポンと灰を落とし、余りの煙を吐き出すと莨入れを懐中に仕舞った。

「お妙たちはどうする」

「あたしは、一度たつやに戻ってから番屋に出向きます」

「私も道場へ戻り、夕刻こちらに戻ろう」

妙と鈴香は真之助に答え、やがて三人は腰を上げた。

玄関まで春がまつわりついてきたので、

「いい？　決して一人で庭や外に出ないようにね」

「うん」

妙が言うと、春も大きく頷いたのだった。

三人が川津屋を出ると、隣の摂津屋も店を開く仕度をしているが宗右衛門の顔が見えない。

「では、ここで別れよう」

真之助が言い、番屋へと向かい、鈴香も道場の方へと歩き出した。

（やっぱり、お美代が気になるのね……）

妙は、真之助の後ろ姿を見て嘆息したのだった。

第四章　愛憎と悲喜こもごも

一

「話を聞きたい。お美代を借りるぞ」

昼前、真之助は摂津屋を訪ねて宗右衛門に言った。

「はあ、ようございます……」

人のふりをし続けている以上、同心の言いつけを断るわけにもゆかず、宗右衛門は含むところを見せながらも素直に頷いた。

やがて呼ばれた美代が出て来ると、

「出よう」

真之助は言い、美代を外へと誘い出した。

美代は今日も清楚な着物姿で、大人しげに俯きながら歩いた。

立て前は入ったばかりの女中であるが、奉公人たちも清吉の女房というのは知っているから、美代もそれほど居心地の悪い思いはしていないだろう。

やがて真之助は近くの水茶屋に来て、美代と並んで縁台に腰を下ろした。

「仲間の甲太を刺して、宗右衛門に咎《とが》められることはなかったか」

真之助は茶を頼み、煙草盆を引き寄せながら訊いた。

「ええ、大丈夫です……。でも刺したことを思い出すと、今も体じゅうが震えてしまいます……」

美代は、身震いしながら答えた。

恐らく今まで、そのような荒事とは縁が無かったのだろう。

「ああ、だがそれでお春が助かったのだ。みな喜んでいる」

「ええ、甲太がお春ちゃんを傷つけると思い、私も夢中でした」

美代が言うと真之助は頷き、茶が運ばれて来たので話を止め、煙管に刻みを詰めて一服した。

やがて店の者が去ったので、また話をはじめた。

周囲には、聞いているような他の客はいない。

「甲太の傷は深いのか」

「いえ、あの程度で甲太は参りはしません」

美代は、温めるように両手で湯飲みを持ち、甲太の恐ろしさを思い出すように肩をすくめた。

「前にも、鬼やら狐狸妖怪が押し寄せて来たが、何故みな江戸へ来るのだろう」

「あやかしも人も同じです。田舎にくすぶっているよりも、賑やかな江戸へ来て一花咲かせたいのでしょう」

「そうか、江戸の町には、何か惹きつける力があるのかも知れんな」

真之助は言い、吸い終えた灰をポンと叩き落とした。

「そこで本音を聞きたい。お美代は今後どうするつもりなのだ」

「前にも言いましたが、私は平穏に暮らしたいだけです。そのためなら父と縁を切り一族から爪弾き《つまはじ》にされようとも構いません」

「そうか……」

煙管に莨を詰めてもう一服。

「宗右衛門の力とは、どのようなものなのだ」

真之助は気になることを訊いてみた。

「人の心が操れます。摂津屋の奉公人たちも、父の言いつけを守って忠義を尽くしていますし、離れた場所から人を川へ落とすことも」

美代は答えながら、そうした因果な一族に生まれたことを悔やんでいるように眉をひそめた。

「父も、水の中ならば無敵でしょう。でも、何も人を川に引っ張り込んではらわたを貪《むさぼ》らなくても、人と同じ食事で暮らせることも分かっているはずです。これからも摂津屋の主として生きるつもりで、だからこそ人と同じような金の欲が生じてしまったのだと思います」

美代が、顔を上げて言った。

「金か。人のふりをするというのは、結局そういうことなのだな」

真之助は煙をくゆらせ、あやかしも人も、なぜ欲に囚われてしまうのだろうかと思った。

自分など、身の丈《たけ》に合った暮らしで充分と思っているのだが、やはり金がある人はさらに欲しくなってしまうのだろう。

結局、金というものが最大のあやかしなのかも知れないと思った。

その妖力《ようりょく》に、誰もが操られてしまうのだ。

「宗右衛門が、なおも伊兵衛を狙うのであれば我らも闘わねばならん。相手が大物だから当方も本気でかかるが、そのため父親が亡き者になるかも知れんが、その覚悟はあるのか」

「はい……、父も今さら川を遡って、生まれ育った塒に逃げ戻る気はないようですので、運も流れのままに……」

「そうか、分かった」

美代の返事を聞き、真之助も頷いた。

何しろ美代は春を助けるため仲間である甲太を刺したのだから、すでに心根はこちらの味方であろうと、真之助は思いたかった。

「甲太は動けるのか」

「ええ、秘薬がありますので、今夜にも普通通りには動けるでしょう」

「河童の秘薬か……人にも効くなら売り出してもらいたいものだが」

真之助が言うと、美代も気になっていたことを口にしてきた。

「あの、離れで甲太と闘った十手持ちのお妙さんや剣術の鈴香さん、それに三人の娘たちは……？」

やはり美代も、妙や鈴香、三人娘たちに人ならぬものを感じていたようだ。

「ああ、ここだけの話にしてもらいたいが、お妙と鈴香さんは鬼の力を宿している。三人娘は素破と聞いている」

「やはり……、それは誰もが知っていることなのですか?」

なおも美代は真之助の目を覗き込んでくる。

「いや、それを知っているのは、只の人である俺だけだ」

「そうですか……」

美代は視線を落として答え、冷めた茶を含んだ。

「宗右衛門も気づいていることだろう。だから、お美代は出来る限り宗右衛門や甲太を説き伏せ、連中が国許へ帰ってくれることが望ましい」

真之助は言ったが、美代だけは江戸に残ってもらいたいと心の隅で思った。

「言ってはみますが、まず無理でしょうね。父も甲太も、江戸での裕福な暮らしに心を奪われております。他の河童たちも操られているでしょう。もっとも、大部分は皿をやられて伏せってしまいましたが」

美代が言う。

やはり妙と鈴香、三人娘たちの奮闘で、手下の河童たちは相当な手傷を負ったようだった。

「なんとか、闘わずに済ませたいものだが、今宵も、また何か起きるような胸騒ぎがする……」

真之助は言い、財布を出して二人分の茶代を縁台に置いた。

「全て、けりがついたら俺と……、いや……」

「なんです？」

真之助が言い淀むと、美代が顔を上げて覗き込んできた。

「なんでもない。とにかく川津屋を守るのが先決だ」

真之助は、かつて肺腑に吹き込まれた美代の甘い吐息を思い出し、胸を熱くさせながら煙管をしまった。

「行こう。邪魔をした」

腰を上げて言うと、美代も立ち上がった。

「あの、麻生様……」

「なんだ」

「家族で暮らすというのは、どういう心持ちなのでしょうか」

言われて、真之助の胸の奥で大太鼓が一つ鳴った。

「知らん。独り身だからな」

真之助は答えたが、美代も知らないのだろう。

美代と清吉が浜町の長屋で暮らしていたのは二人が人である頃だし、美代は二人が死んでから成り代わったので、男女の暮らしというものを身を持って味わっていないのである。

「そうですか……」

美代は答え、それきり口を閉ざしてしまった。

「では戻れ。出来れば宗右衛門を説得してもらいたいが」

「はい、力を尽くしますので、麻生様もお気をつけて」

美代が言い、辞儀をして摂津屋の方へと戻って行った。

ほのかに甘い残り香を感じながらそれを見送ると、真之助も番屋へと向かいはじめたのだった。

二

「あら、あのときのお二人ではないですか」

妙が歩いていると、見知った二人連れを見て声を掛けた。

二人は、ノッポとズングリの浪人者で、顔も手も傷だらけ、着物もあちこち裂けているではないか。

「ずいぶんやられましたね」

「あ、ああ、お前か……、ひどい目に遭った……」

二人は答え、顔の傷を撫で回した。庭で夥《おびただ》しくまつわりつく河童の爪で、相当に引っ掻かれたのだろう。

「用心棒はお払い箱になったのですか？」

「いや、逃げ出したのだ。大体なんだ、あのほっかむりの小さい奴らは。大人か子供か、いや、あやかしか人かも分からん」

ズングリが、声を震わせながら言った。

「あやかしですよ。あいつらは性悪の河童たちです」

妙は事も無げに、笑みを含んで答えた。

「か、河童などが大江戸にいるのか……」

「そういえば、俺を摑んで水に引き込もうとしてきたぞ……」

二人は目を見開き、あらためて身震いした。

「土左衛門にされないだけ良かったですね」

「ああ、江戸がこんなに恐ろしいところとは思わなかったから、とっとと退散することにしたのだ……」

二人は懐手のまま身をすくめて言った。恐ろしいとは河童ばかりでなく、妙と鈴香のことも含まれているのだろう。

「これからどちらへ？」

「どこかの小藩で、剣術指南にでもなれれば良いと思っておる」

「そうですか。ではお達者で」

妙が言うと、二人は日本橋の方へと向かって行った。

（どこの藩でも雇ってくれないでしょうけど……）

それを見送った妙は思い、そのまま小太郎の裏長屋へと向かった。

懐には、母の圭に作ってもらったおにぎりが入っている。

そして午《うま》の刻（正午）、九つの鐘の音が鳴り終わらないうちに妙は小太郎を訪ねていた。

「三人には助けられました。有難うございました」

「いえ、娘さんが無事に戻って何よりです」

妙が包みを差し出して言うと、小太郎も開いておにぎりを食べながら答えた。

妙もおにぎりを摘み、二人だけの僅かな一時《ひととき》を味わった。

「小河童たちを、だいぶやっつけたようですね」

「ええ、もう二十四のうち、動けるのは半分もいないと思います。ただ甲太だけは、刺されたとはいえ相当頑丈に出来ているようですので油断出来ません」

妙は言い、甲太が刺されたときを思い出した。

甲太も、同族の美代の気配には油断しまくり、刺された瞬間に驚いて春を手放してしまったのだ。

妙は春を抱き上げ、いち早く離れを飛び出して川津屋へ向かったので、あとは鈴香から聞いた話である。刺された甲太は脇腹を押さえて逆上し、鈴香や三人娘を蹴散らす勢いで逃げ出したようだ。

鈴香が追ったが、わらわらと小河童たちが押し寄せ、その隙に甲太は川へ飛び込んだということである。

河童たちは離れの中にも入り込み、鈴香と三人娘が奮戦し、その間、美代は自分のしたことに呆然とへたり込んでいたらしい。

「そうですか。でも河童は傷に良い妙薬を持っているという話です」

小太郎は、沢庵《たくあん》をかじりながら言った。

「ええ、多摩《たま》の浅川《あさかわ》にいる河童明神は、打ち身に効く石田散薬《いしださんやく》というものを伝えているというし、また悪戯《いたずら》をして手を切り落とされた河童が、謝りに来て手と引き替えに秘薬の製法を教えたという話も残っています」

「斬られた手が繋がるのですか。その薬は、今も売っているのでしょうか」

「さて、あくまで伝承だから定かではありませんが、現に河童が現れているのだから信じて良いのかも知れない」

小太郎の蘊蓄は続いた。

河童は相撲が好きなので、やはり打ち身や骨継ぎなどの薬が多く工夫されてきたようだ。ただ河童は刃物を使わないので、金瘡《きんそう》（金属による切り傷）には弱いと言われている。

しかし甲太のことだ。女の力で刺された程度では、苦もなく回復していると思って間違いはないだろう。

「いよいよ親玉が出て来るときには、私も駆けつけるつもりですので」

「お願いします」

妙は言い、やがて二人は昼餉を終えた。

そして小太郎が腰を上げたので、妙も一緒に長屋を出た。

今日は井戸端に、おかみさんたちはいなかった。

「では夜にでも、また三人をやります」

分かれ道で小太郎が言う。

もし小太郎の手も必要なら、すぐにも明鳥が報せるのだろう。

「ええ、どうかよろしく」

妙は頭を下げて答え、神田明神へと向かう小太郎を見送った。

今日も良く晴れて、妙は心地よい春風に吹かれながら、ノンビリと河原の方へと歩いて行った。

すっかり大川の流れも、いつものように穏やかになり、人々は舟からの花見を楽しんでいる。

川津屋の船宿からも、もう甲太はいないが別の船頭が舟を出していた。

と、妙は河原を歩いている美代の姿を見かけた。

女中奉公とはいえ、皆には娘と言わないまでも、父親の宗右衛門が甘やかしているのか、美代は摂津屋でお客様扱いなのかも知れない。

妙は近づいて行き、美代に声を掛けた。

「お美代さん」

「ああ、確かお妙さん……」

振り向いた美代は、少し身構えるように頬を強ばらせたが、すぐに笑みを浮かべて答えた。

「良い日和《ひより》ですね」

「ええ……」

それだけで二人は口を閉ざした。何しろ美代は妙を鬼と、妙は美代を河童と互いに知っているのである。

二人はゆっくりと、川津屋の方へと歩いた。

「お美代さんは麻生様のこと、どう思います？」

やがて妙は口を開いた。

「どう、とは？」

「男として、です」

「さあ、なんとも……、腕利きのお役人様と思っていますが……」

「一緒に暮らしたいとか」

妙が言うと、美代は驚いたように顔を上げて目を向けた。

「そ、それはないです。暮らしたいと言うのならば、私はお春ちゃんと一緒にいたいです」

美代が言った。確かに、美代は春を守るために必死の思いで同族である甲太に刃を向けたのである。

そして美代は、妙などよりずっと前から春のことを知っていて、長く懐かれていたのだろう。確かに春からしてみれば、若い妙よりも美代の方が、亡母に近い感覚があるに違いない。

「では、伊兵衛さんの後添えになれば」

「さあ、大店のご主人は、私など選ばないでしょう」

美代は答えたが、それが叶うものなら願ってもないというような含みが、その表情から感じられた。

確かに以前、美代は甲太に唆《そそのか》され、伊兵衛を色仕掛けで陥落し、川津屋へ潜り込めと言われていたのだろう。むろんそれは、伊兵衛を亡き者にするための潜入が目的であった。

だから、美代が春と暮らしたいという思いが本当なのか、まだ甲太の思惑が心の底にくすぶっているのか、妙には判然としなかった。

（まだ分からない……）

妙は思った。

どうしても、あやかし相手だと疑り深くなってしまうし、鬼の力でも相手の心根までは読めないのである。

しかし美代の春への思いは、真摯《しんし》なものかも知れないと思うのだった。

そして少なくとも美代は真之助のことなど、真之助が美代を思うほどの思いがなかったことだけは分かったのだった。

（気の毒だけど、仕方ないわね……）

妙は、兄のような真之助を思い、小さく溜息をついた。

「なぜ麻生様のお話を？」

「い、いえ、なんでもないんです。それより甲太のことですが」

妙が世間話から切り替えて、いきなり本題に入ると、美代も目の色を変えて表情を引き締めた。

「また伊兵衛さんを襲うでしょうか」

「おそらく……」

妙が言うと、美代も俯いて歩きながら答えた。

「その、麻生様に言われて、父に国許へ帰るよう説得したのですが、取り付く島もありませんでした。甲太も同じでしょう……」

「そう、間に挟まれて辛い立場だと思いますが」

「お気遣い有難うございます。では、私はここで……」

美代は言って辞儀をし、やがて堤を上って川津屋の方へと戻って行ったのだった。

三

日が傾く頃、妙が川津屋を訪ねると、すでに鈴香が来て春と遊んでいた。

すると春が、嬉しそうに顔を上げて笑顔を見せた。

「おお、来たか、良かった。女の子の遊びは苦手だ」

鈴香が、不器用そうにあやとりの糸を外して妙に言った。

「あたしも、あまり女の子同士で遊んだことはないんですが」

妙は言い、交代して春とあやとりをはじめた。

「でも、鈴香さんはお手玉が上手なのよ」

春が、小さな手であやとりをしながら言う。

確かに、鬼の力があればお手玉ぐらい鮮やかに出来るだろうが、あやとりのような繊細な動きは鈴香には面倒なようだった。

春の相手を妙に任せると、鈴香は縁側から庭に出て、隣の摂津屋の様子を見回りはじめた。

「お春ちゃんは、お美代さんのこと好き？」

「うん、大好き」

妙が訊くと、春は笑顔を向けて言い、すぐまたあやとりに目を向けた。

もともと春は人懐こいから、だから一見恐そうな鈴香にも、すぐに懐いてしまったのだろう。

やがて伊兵衛が部屋に入って来た。

「そろそろ夕餉に致しましょう」

言うと、春もあやとりをやめ、傍らの火鉢に手をかざした。

「良かったな、お春。お姉さんが二人も来てくれていて」

伊兵衛がしゃがみ込み、春の頭を撫でながら言った。

すると、その時である。

いきなり春が火箸を摑むなり、伊兵衛の首筋に突き立てようとしたのである。

「あッ……！」

妙は驚いて声を洩らし、すんでのところで春の手首を握った。

「お、お春……」

危ういところで刺されずに済んだが、伊兵衛は呆然として顔を強ばらせた。

「お春ちゃん、どうしたの……」

妙は火箸を離させ、春の顔を覗き込んで言った。春の全身は硬直して目が険しく光り、大変な力を発しているではないか。

するとと春の全身から急に力が抜け、グッタリと気を失ってしまったのだった。

「い、いったい……」

「どうやら、術をかけられていたようですね」

絶句する伊兵衛に言い、妙は火箸を火鉢に戻した。

「術……？」

「ええ、宗右衛門は人を操れるのでしょう。お春ちゃんが拐かされている間に、隙があれば、伊兵衛さんを襲うよう術をかけていたようです。どうか、今後とも隙を見せないように」

「そ、そんな、年端《としは》もいかない実の娘に、殺されぬよう気をつけろと……」

伊兵衛が声を震わせて言い、妙の腕の中で昏睡している春を見下ろした。

「どうした！」

縁側から、鈴香が戻って来て言った。

「とにかく部屋で寝かせましょう」

妙は春を抱き上げて言い、部屋を出ると伊兵衛と鈴香もついて来た。歩きながら妙は鈴香に今あったことを説明した。

伊兵衛は、春の部屋に入ると手早く床を敷き延べ、妙がそこに春を横たえた。

「尖った物や危ない物は部屋に置かないように」

妙が言って部屋の中を見回すと、鈴香が、針や鋏《はさみ》といった裁縫道具、一輪挿しの花瓶などを伊兵衛に手渡した。

「お春ちゃんと二人きりにならないように」

「ああ、こんなことになるとは……、術は解けるのでしょうか」

妙が言うと、伊兵衛は力なく言い、縋《すが》るように妙と鈴香を見た。

「かかったものは必ず解けます。全てのけりがつくまで辛抱して下さい。そしてお春ちゃんのお世話をする女中さんも、常に二人以上で会うよう申しつけて」

妙が言うと、伊兵衛も恐る恐る頷いた。

するとその時いきなり春が目を開いたのだ。

「あら、私いつの間にか寝ちゃったみたい……」

きょとんとして言い、すぐに身を起こしてきた。

「お春ちゃん、おなかが空いたでしょう」

「うん、空いた」

妙が言うと春も素直に答えた。どうやら、火箸で父親に襲いかかったことは忘れているようだ。

やがて皆は夕餉の膳が用意された部屋に移動したが、さすがに伊兵衛は食欲が湧かないように項垂《うなだ》れていた。

「大丈夫ですよ。私たちがついていますから」

「ええ、有難うございます……」

妙が言い、伊兵衛も他の奉公人たちに気づかれぬよう、なんとか少しだけ箸をつけはじめた。

夕餉が済み、日が落ちると春は自分の部屋に戻った。

妙と鈴香も一緒についていてやると、喜んで興奮気味だった春も、間もなく軽やかな寝息を立てはじめた。

「厄介だな……」

「ええ、眠っている間に動くことがあるかも」

鈴香が呟くように言い、妙も春の寝顔を見ながら囁いた。

「刃物だけではない。火も心配だ」

「火を落として、皆が寝静まる頃合いならば大丈夫でしょう」

妙は答え、春の様子を見ながらも、隣家との境に耳を澄ませていた。

そうするうちに夜も更け、奉公人たちも自分の部屋へ引き上げて寝るようだ。皆の足音が聞こえなくなると、家の中はしんと静まりかえった。

そこへ伊兵衛が、細く襖を開けて顔を出した。

「大丈夫ですか……」

「ええ、お春ちゃんは大人しく眠っているので、私たちに任せて、どうか伊兵衛さんも休んで下さい」

「では、そうさせて頂きます。よろしくお願いします」

伊兵衛は春の様子を見てから頭を下げて言い、自分の部屋に入った。

伊兵衛の部屋は春の部屋とは廊下を挟んだ向かい側だから、そちらの様子も、妙と鈴香にはすぐ分かる。

外の通りには、すでに真之助をはじめとする岡っ引きたちに、三人娘も来ていることだろう。

すでに家の中に火の気はない。もし何かあり、妙と鈴香が外へ行くようなことがあれば、伊兵衛に命じられた番頭や女中頭などが、二人以上交代で春を見守ってくれることになっている。

春に術をかけられたのは予想外だったが、これだけ厳重に警戒しているのだから、そうそう宗右衛門たちも迂闊《うかつ》に仕掛けてはこないだろう。

そして甲太ばかりが動き、まだ宗右衛門は春に術をかけただけで、目立った動きがないのが不気味だった。

「ちょっと麻生様たちの様子を見てきます。鈴香さんはここにいて下さい」

「分かった」

妙が言って腰を上げると、鈴香が頷いた。仮に春が暴れはじめても、鈴香なら一人で大丈夫だろう。

妙は縁側から草履を履いて外に出た。

隣を見渡すと、摂津屋もみな寝静まったようだった。

そして妙は水路沿いの路地を、真之助たちがいる大通りに向かって進みはじめた。

すると水路を挟んだ向こう側の路地に、黒い影が座っているのが見えた。

近づくと、それは甲太ではないか。

「どうした、甲太。傷が痛むのか」

妙は水路を間に、甲太の正面に立ち止まって声を掛けた。

「ふっ……、姐さんも、不思議な女だな」

甲太は、苦笑して答えた。

「なに」

「敵なのに気遣うとは、情が深えんだな」

「元気も妖気も感じられないので、気になっただけだ」

妙は、油断なく十手に手をかけながら言った。今は殺気がなくても、甲太なら一瞬でこちらに飛びかかってこられるだろう。

「刺された傷なんか大したことはねえ、もう治った。ただ……」

「ただ？」

「あいつに刺されたことに落ち込んでる」

甲太が言う。あいつとは、美代のことだろう。

恐らく河童の世界では、別の名があるに違いない。

「お美代さんが刺すとは思いもしなかったのか」

「ああ、あいつとは幼馴染みでな……」

甲太が、国許の塒を思い出すように言う。

恐らく甲太は宗右衛門に目をかけられ、誰もが娘の美代と甲太は許婚《いいなずけ》だとでも思っていたのではないか。

「なあ甲太。お美代さんと一緒に古里へ帰ったらどうだ。その方が幸せだろう。どうせお前たちは、私たちには敵わないぞ」

妙が言うと、水路の向こうから甲太がぎらりと光る眼を向けてきた。

「宗右衛門を侮《あなど》るんじゃねえぞ」

甲太が低く言う。

あやかしにも人の心が通じるかと思った矢先、甲太から立ち昇る妖気に思わず妙は身じろいだ。

「宗右衛門は人の暮らしと欲に囚われている。俺も、それに従うだけだ」

「お、お春ちゃんにかけた術は、どうしたら解ける」

「知らん。解けるのは宗右衛門本人か、あるいは宗右衛門が死ねば解ける」

甲太は言い、眼の光と妖気を収めて笑みを浮かべた。

「お妙姐さんと話すのは楽しいぜ。だが、今度会う時は殺し合いだ」

甲太は言うなり、ザブリと水に飛び込んで行った。

妙が水路を覗き込むと、すぐに波紋が収まり、完全に甲太の気配は消え去った。

四

「なにい、甲太とお喋りしていただと……？」

水路を跨ぐ橋の欄干《らんかん》にもたれていた真之助が、顔をしかめて言った。

大通りに出た妙は、そこにいた真之助に話したのだ。

幸い、岡っ引きたちは周りにいなかった。

やはり河童の話は、他の者に聞かせない方が良いだろう。

さらに妙は、宗右衛門が春に術をかけ、春が火箸で伊兵衛に襲いかかったことなども全て言った。

「ううむ……、そんな術が……」

「今はお春ちゃんも眠っているし、鈴香さんがついているから大丈夫です」

妙が言うと、真之助は煙管に莨を詰め、提灯の火で一服した。

「いっそ、宗右衛門をしょっ引いて責め立ててやるか……」

「そうもいかないでしょう。宗右衛門はまだ何もしていないのだし、術をかけたという証しもないのですから」

妙が言うと真之助は大きく嘆息し、吸い終えた煙管を欄干に叩きつけると、下の方でジュッと小さな音がした。

「とにかく今のところ摂津屋に動きはなく、みんな寝たように静まりかえっている。岡っ引きたちは帰しても良さそうだが」

「でも、宗右衛門は人を操るので、奉公人たちが動くかも知れません。でも術のかかった普通の人を痛めつけるわけにいきませんし」

妙が真之助に言った。

小河童たちの数が痛めつけられて少なくなったので、宗右衛門が奉公人たちを操ることも危ぶんでいるのだ。

「全く、ただの人相手でないのが実に厄介だ……」

真之助は言い、もう一服したいようだったが、なんとか莨入れを仕舞った。

「じゃ、あたしは中に戻りますね」

妙は言い、再び水路沿いの路地を通って川津屋の庭に戻り、縁側から中に入った。

「え……？」


するとと寝ていたはずの春が居らず、鈴香の姿も見えないではないか。

向かいの襖を細く開けて中を窺うと、伊兵衛が鼾《いびき》をかいて眠っていた。

呑気なのではなく、ここのところあまり良く眠れず疲れているのだろう。それに妙と鈴香がいるので安心したようだ。

妙は静かに襖を閉め、厠かと思って廊下を進んでみたが、厠にも厨にも二人の姿は見えなかったのである。

（どうしよう……）

伊兵衛を起こしても力にならず、ただ心配して途方に暮れるだけだろう。

妙は邸内をあちこち探し回ってみたが、鬼の力を宿した鈴香の気配は感じられず、あとは奉公人たちが眠っているだけだった。

仕方なく、妙は再び縁側から庭に下り、路地を伝って表通りに走り出た。

「どうした、お妙！」

まだ橋にいた真之助が、血相を変えた妙の顔を見て言った。

「お、お春ちゃんがいなくなりました。鈴香さんも」

「なに……！」

言うと真之助も顔色を変え、そこらにいる岡っ引きたちに春と鈴香を探せと命じ、妙と一緒に路地を抜けて川津屋の庭へ戻った。

見下ろしても、水面も舫われている舟にも異常はない。

いや、一艘だけ見当たらない気がし、妙が月明かりに手をかざして下流の方を見ると、舟が下っているではないか。

棹《さお》を操る船頭は、甲太に違いない。

「あそこ！　追います」

妙は指して言い、土手から河原へ飛び降り、下流へと駆け出した。

取り残された真之助も呼子を鳴らし、岡っ引きたちを河原に集めた。もちろん伊兵衛も守らなければならないので、半分は残したようだ。

妙は走りながら、浜町の方へ向かう舟を目で追った。

どうやら舟には、鈴香と春が横たえられているらしい。

（鈴香さんともあろう人が……）

妙は思ったが、座を外した自分もいけないのである。

と、そのときである。バサバサと羽音がして、妙の横に一羽の鳥が飛び迫って来たのだった。

「明烏ちゃん！」

『どうやら鈴香様は、河童の秘薬を顔に浴びせられたようです。しばらくは痺《しび》れて動けないかと』

呼びかけると、明烏が妙と並んで飛びながら心の中に言った。

「そう……」

妙は、そんな秘薬があるなら自分も気をつけねばと思いながら走った。

『伊兵衛さんは、紅猿と伏乃が守っているから大丈夫』

「ええ、有難う」

妙が答えると、明烏は再び羽ばたいて、速度を上げて舟を追った。

やがて舟は、浜町河岸の手前で速度を落とした。そこらは周囲に人家もなく、だだっ広い河原である。

甲太は棹を立て、舟を止めた。

そして甲太も、追ってくる妙に気づいたようだ。

「気づいたか。お妙姐さん、だが間に合わねえぜ」

甲太が低く通る声で言う。

まだ舟と妙の間は、一町（約一〇九メートル）ほどもある。

甲太が昏睡している春を摑み上げると、明烏が急降下して甲太の脳天に嘴で襲いかかった。

「うるせえ烏だ！」

甲太が言って素速く頭上を手で払うと、鋭い爪にやられたか何枚かの羽根が舞い、明烏も力なく旋回するしかなかった。

「そらよお！」

甲太は言い、春を抱え上げてザブリと水の中へ投げ込んでしまった。

「おのれ、甲太！」

妙は急ぎながら怒鳴ったが、甲太は鈴香も引き起こして舟の縁へと引き寄せた。

だが、鈴香は目を覚ましたように身じろぎはじめたのだ。

「へえ、さすがに鬼小町だな。もうしばらくは痺れてると思ったが。だが、その様子じゃ泳げめえ」

甲太は言い、大きく舟を揺らしながら大小を帯びた鈴香を蹴落としたのである。

「鈴香さん！」

妙は怒鳴り、ようやく舟の近くまで駆けつけたが、甲太は再び棹を手にし、今度は摂津屋のある上流の方へと舟を戻しはじめたのだ。

甲太を追っても、水に落とされたら妙でも敵わないかも知れない。

それよりも春と鈴香だ。

このままでは二人とも、土左衛門として、どこか下流の河原に打ち上げられることだろう。いや、小河童たちが、その肌を引き裂いてはらわたをえぐり出してしまうかも知れない。

妙は河童たちを警戒しながら、意を決して水に飛び込もうとした。

しかし、そのとき水面が泡立ち、春と鈴香が顔を出したではないか。

さらに、それを河原まで引っ張って来るものがある。

「お、お美代さん……！」

妙は、ようやく水面から顔を出した美代に叫んだ。

そして妙も水に入りながら春を抱き上げると、美代も鈴香を支えて上がって来たのだった。

「あ、有難う、お美代さん……！」

妙は感謝の言葉を口にし、今まで美代への疑いを持ち続けていたことを悔やんだ。

「二人とも大丈夫。少し寝かせれば」

美代が言い、妙は二人で春と鈴香を草の上に横たえた。

春も鈴香も咳き込んで水を吐き出すと、すぐにも呼吸を取り戻した。

「ふ、不覚。お妙、済まん……」

「いえ、助けたのはお美代さんですよ」

妙が言うと、濡れ鼠で身を起こした鈴香が美代に顔を向けた。

「かたじけない。助かった」

「いいえ、甲太の動きが怪しかったので、ずっと船の底についていたのです」

同じくずぶ濡れの美代が言う。

もちろん美代だけは息ひとつ乱さず、とけかかった髪がうなじに貼り付いてやけに艶めかしい。

春も、まだ半分眠っているように泣きもせず、今度は妙ではなく美代の胸に抱きつきながら息遣いを整えていた。

『あたしは川津屋へ戻ります』

頭上で明烏が言い、甲太の舟を追うように飛び去って行った。

「とにかく、戻って着替えよう」

鈴香が言い、美代は春を抱いて立ち上がった。妙も、まだ身体が痺れているらしい鈴香を支えながら川津屋へと向かったのだった。

五

「いきなり甲太が入って来たので、私は刀を帯びて身構えたが、顔に何やら浴びせられて身動きが出来なくなってしまったのだ」

川津屋で着替えを借りた鈴香が、そのときの様子を話した。

「もう大丈夫ですか」

妙が訊くと、鈴香が答えた。

「ああ、水の中で全部洗い流されたようだ」

隣の部屋には、鈴香と春と美代の着物が干されていた。妙は股引と足袋を濡らしただけだが、歩いているうちに鬼の熱で乾かしてしまった。

そして鈴香と春がいない間に、伊兵衛が襲われていなかったことに妙は安堵したのだった。

どうやら春が死んで伊兵衛が消沈しているときに、宗右衛門たちは一気に襲う気だったのかも知れない。

いま三人娘は、庭で警戒してくれている。

真之助も報告を聞き、他の岡っ引きたちと引き続き見回りをしていた。

真夜中だが、さすがに伊兵衛も起きて顚末《てんまつ》を聞いていた。

「全く、何度も助けて頂き、お礼の申し上げようもございません」

「なに、不覚を取ったのは私だ。とにかくお春坊が無事で良かった」

伊兵衛が頭を下げて言い、亡妻の着物を借りた鈴香が答えた。

その春も身体を拭いて着替え、今は何事もなかったように布団にくるまって眠っている。

「お美代さん、心よりお礼申し上げます」

伊兵衛は、あらためて美代に頭を下げて言った。

美代も、摂津屋へは帰りたくなく、春のそばにいたいようだったし、何しろ春が懐いているのだ。それに美代の着替えも貸すからと、伊兵衛が家へ入るよう懇願したのである。

伊兵衛も、美代を河童の仲間と思っているのか、あるいは妙から打ち明けられても心の底からは信じられないのか、ごく普通に接していた。

「いいえ、私も夢中でしたので」

美代が言い、隣で眠っている春を見た。

「どうか、いつまでもお春のそばにいてやってくれませんか。もちろん女中仕事などしなくて結構でございますので」

伊兵衛が言い、妙も、これは本当に後添えになれるのではないかと期待し、同時に真之助の顔も思い浮かべてしまった。

「甲太は、知っただろうか。私たちが無事だったことを」

「ええ、摂津屋に私の姿が見えないので、察したのではないかと思います」

鈴香が言うと、美代が俯いて答えた。やはり、自分の同族が迷惑をかけていることを済まなく思っているのだろう。

やがて伊兵衛は、眠っている春を皆に任せ、明日も仕事があるので向かいの部屋に戻って休むことにした。

「甲太を二度まで邪魔したのだ。宗右衛門も、いかに娘でも、もう許さないのではないか？」

鈴香が訊くと、

「ええ、欲のためには、娘にも手をかける人でしょうね」

美代も頷きながら答えた。まだまだ宗右衛門というあやかしが、どの程度の者なのか知らないが、妙はその言葉に身震いを覚えた。

「とにかく、宗右衛門がどう出るか様子を見て、今宵は休みましょう。私は庭を見回ってきます」

妙が立ち上がって言った。

「私も行こう」

「いえ、鈴香さんは休んで下さい。また明日から山ほど動いて頂きますので」

妙は鈴香に言い、一人で縁側から庭に出た。

鈴香も、やはり得体の知れない痺れ薬を浴びたので、今夜のところは素直に妙の言うことを聞いてくれた。

外に出ると、月明かりに水面が煌《きら》めき、水路も隣の摂津屋も穏やかに静まりかえっている。

『お妙さん』

心の中に声が響き、三人娘が近寄って来た。

皆、人ではなく本来の申酉戌の姿で、その方が五感も鋭敏になって動きやすいのだろう。

「明烏ちゃん、甲太の爪にやられたけど大丈夫？」

『ええ、羽根が少し抜けただけで、なんでもないわ』

気遣って訊くと、明烏が答える。

『それよりも、何も出来なかったのが悔しい』

「いいのよ、みんな無事だったのだから気にしないで」

妙は言い、三人の頭を撫で回した。

「甲太は、お春ちゃんと鈴香さんが助かったことを知ったかしら」

『ええ、宗右衛門が怒り狂って、甲太はペコペコしていたわ』

三人が言う。

さっき、三人は摂津屋へ忍び込んだようだ。

あの甲太が平身低頭しているのなら、相当に宗右衛門が恐ろしいのだろう。

そして宗右衛門も、美代がこちら側についたことを確信したようだった。

「じゃ、麻生様に会ってくるから、見張りを続けて」

「はい！」

妙が言うと三人は元気よく返事をし、隣家を見渡せるそれぞれの持ち場へと戻って行った。

妙は路地を抜けて大通りの端まで行くと、また真之助が莨を喫んでいた。

「おう、お春坊は寝たか」

あらましを聞いている真之助が、煙をくゆらせて訊いてくる。

「ええ、本当に物怖じしなくて泣かない子です」

「そうか、それでお美代は？」

「ええ、川津屋へ泊まります。あるいは、もう摂津屋へは戻らないかも。何しろお春ちゃんが懐いているから」

やはり美代が気になるようだが、妙も普通に答えた。

「ああ、仲間を裏切っているのだからな、戻れないのも無理はない」

真之助は灰を落とし、摂津屋の方に目を遣った。

「それにしても、仲の良かった隣同士で、大きな騒動が起きようとはな」

「ええ、でも本当の宗右衛門とお美代は死んでいて、あやかしが化けているのですから厄介です」

妙は言い、同じように摂津屋の店や酒蔵を見渡した。

「恐らく今宵はもう大丈夫でしょう。宗右衛門も、甲太と次の策でも練っているのでしょうから、麻生様も少しお休み下さい」

「ああ、そうするか。夜通しの見張りばかりじゃ体が保たねえ」

真之助は言い、大きく伸びをした。

そして莨入れを仕舞って歩き出し、そこらの岡っ引きたちに引き上げを命じてから帰っていった。

それを見送り、妙も路地を通って川津屋の庭に戻り、見張りの三人娘に会釈すると縁側から中に入った。

美代が春に添い寝し、鈴香は壁にもたれて体を休めていた。

「では、私も休みますね」

妙は言い、鈴香に並んで壁に寄りかかった。

もちろん互いに五感を研ぎ澄まし、警戒しながら仮眠が取れる。僅かでも眠れば鬼の力で回復し、鈴香も明日からまた本調子になることだろう。

やがて何事もなく、どこからか鶏の鳴く声がし、東の空が薄明るくなってきた。

明け六つの鐘の音が鳴り、妙と鈴香はすっきりと目覚めた。

美代はまだ春と眠っている。

やがて奉公人たちが起きたか、厨の方から音が聞こえてくると美代と春も目を覚ました。

向かいの部屋で伊兵衛も起きたか着替える音がし、細く襖が開いた。

「おはようございます」

伊兵衛は声を掛け、目を覚ました春を安心した眼差しで見た。

「すぐ朝餉の仕度をしますので」

伊兵衛は言い、厨へと行った。

鈴香は、まだ生乾きだが、やはり自分の物が良いのか着物と袴を着けた。

美代は、さすがに少々湿っていても全く気にならないようで、やはり自分の着物に着替えた。

やがて皆で朝餉を済ませると、妙と鈴香はいったん引き上げることにした。

川津屋も摂津屋も通常に店を開くし、まず昼間に何か仕掛けてくるようなことはないだろう。

それに春のそばに美代がいれば、同族の気配は誰より早く気がつくに違いない。

三人娘も、昼頃までは庭に潜み、何かあれば明烏が飛んで報せて来ることになっている。

妙は見送る春に手を振り、鈴香と一緒に歩いた。

「親たちは、私たちが毎晩夜遊びでもしていると思っているのではないか」

「まさか、河童を相手にしているなど夢にも思わないでしょうね」

二人は話し、やがて鈴香は結城道場へ、妙はたつやへと戻った。

「お妙、ここのところ町は静かなんだ。まさか毎晩、夜遊びでもしてるんじゃねえだろうな」

帰るなり、父親の辰吉が煙管を手にして言った。

「おとっつあん……」

「ああ、冗談だ。御用の筋なら、親にも言えねえことがあるのは分かってるよ」

元岡っ引きの辰吉が笑って言うと、妙も安心して、母親の圭が淹れてくれた茶をすすった。

そして妙は、いつものように圭に、多くのおにぎりをこさえてもらうよう頼んだ。

いったん湯屋に寄ってから、妙はたつやへと戻り、昼前に出来たてのおにぎりを持って家を出た。

もちろん向かうのは小太郎の裏長屋だ。

「お妙姐さん、今日も格好いいよ」

「姐さんがいるから町は安心だ。だから嫁ぐのは先延ばしにしておくれよ」

井戸端のおかみさんたちが言い、妙は笑顔で会釈してから小太郎を訪ねた。

「やあ、いつも有難う」

小太郎は妙を迎え、おにぎりの包みを受け取った。

「また三人には、ずいぶん助けられました」

「ええ、何もかも聞いていています」

妙が言うと小太郎が答え、二人で昼餉のおにぎりを口にした。

すると、そこへ三人娘が入って来たのだ。どうやら川津屋での見張りを終え、昼からは神田明神へ行くのだろう。

「あ、お邪魔しちゃった」

「いいのよ、来ると思って多めに持って来たから」

妙と小太郎が二人で食事しているので、遠慮して去ろうとした三人娘を妙が止め、おにぎりを分けてやった。

そんな様子など全く頓着《とんちゃく》しないように小太郎が沢庵を摘み、三人娘は万年床に並んで座り、美味しそうにおにぎりにぱくつきはじめた。

（いったい、三人が気を遣ってることをどう思ってるのかしら……）

妙は竹筒の茶を用意しながら、小太郎の顔を盗み見て思った。

「ときに摂津屋ですが」

「はい……」

小太郎が唐突に言い、妙も表情を引き締めた。

「宗右衛門には全く親族がいなかったのでしょうか。あれだけの大店なのに」

「ええ、聞いたことはないですね。連れ合いを亡くし子はいなかったようだし、兄妹親戚の話も出ません」

「そう。跡取りをどう考えていたのかなと思って」

「確かに、伊兵衛さんとの約束で、仮に川津屋の身代まで手にしたところで、たった一人で切り盛り出来るものではないでしょうに」

　恐らく、生前の宗右衛門にはなんらかの思惑があったのだろうが、今となっては知りようもない。

「まあ、今の宗右衛門は大河童なので、跡取りのことなど後回しに、とにかく川津屋の身代まで乗っ取ろうという欲でいっぱいなのでしょう」

　小太郎が言い、妙も頷いた。

　やがておにぎりも漬け物も綺麗に空になると、茶を飲んでから一同は腰を上げて裏長屋を出た。

「ごちそうさま、じゃまた夕刻に川津屋へ行きますね」

「ええ、有難う。お願いします」

　三人娘が言うと妙は答え、小太郎たちは神田明神へと向かった。

それを見送り、妙はいったん番屋へ行こうとした。
すると向こうから、小さな荷車を牽《ひ》いた若い男の姿が見えた。
二十代半ばで荷車には酒樽を積み、男の前掛けには摂津屋の名が書かれていた。
妙は思い立ち、男に近づいて行ったのだった。

第五章　恋の行方は風まかせ

一

「こんにちは、あの、確か摂津屋さんの」

妙が話しかけると、男は目を向け、牽いていた荷車を止めて頭を下げた。

荷車には、四斗の酒樽が積まれている。

「お妙姐さん。はい、摂津屋の番頭で五助《ごすけ》と申します」

「五助さん、歩きながらで結構なので、少しお話を聞かせて頂けませんか」

「はい、ようございます」

言うと五助は答え、また荷車を牽きはじめた。こざっぱりとした良い男で、性格も穏やかそうだった。

「その酒樽は」

「はい、結城道場へお届けします。たいそう灘のお酒がお気に召したようで」

「ああ、やっぱり」

言われて、妙は五助と並んで歩きながら頷いた。

鈴香の酒好きは有名だが、ここのところ夜の見張りばかりで飲めず、欲求も相当に溜まっていることだろう。

「宗右衛門さんに、何かお変わりはありませんか」

「ええ、ただ物忘れが多くなってきたようですね」

妙が言うと、五助も素直に答えた。

「物忘れとは?」

「はい、頭も言葉もしっかりしているのに、前に交わした約束などをすっかり忘れているようなのです」

「どんな約束です?」

妙が訊くと、五助は笑みを洩らして俯き、なかなか言いにくそうだったが、待っているとようやく口を開いた。

「実は、私には思い人がおりまして……」

「まあ、それで？」

良い話に、思わず妙も笑みを浮かべて訊いた。

「私は身寄りが無く、旦那様に拾われてから懸命に働き、おかげで番頭になりましたが、あるとき旦那様が私に言ったのです。子がいないので、もし良い娘がいれば、お前と夫婦養子にして店を継がせたいと」

「え……？」

妙は思わず聞き返した。図らずも、ついさっき小太郎と話していた、跡継ぎの話になったからである。

しかし五助は構わず、笑みを含んで話を続けた。

「私は天にも昇る気持ちでした。目をかけて下さっていたのは分かっていましたが、まさか養子にしてくれるなど」

「それで、お相手というのは？」

妙が言うと、また五助はモジモジしながらやっと答えた。

「川津屋さんに住み込んでいる、お佐枝《さえ》です」

「まあ、お佐枝さんなら知ってます。気立てが良くて、お春ちゃんの面倒もよく見てくれています」

妙は頷いて言った。

女中の佐枝は二十歳ばかりで、確かにこの五助とは働き者同士、似合いの夫婦になれそうだと思った。

「もちろん、まだ互いに口約束だけで深い仲じゃありません。寝しなに毎晩、路地に出て水路を挟んで少しお喋りするだけですが」

五助が言う。

隣同士の大店に住み込み、互いに水路を挟んで初々しく二人で話す一時の姿が、妙の頭にも微笑ましげに浮かんだ。

「ただ、押し込みがあったから、お佐枝にはしばらくは夜に外に出ないよう言いつけたので、ここしばらくは会っていません」

「ええ、それが良いです。もう間もなく何もかも落着するでしょうから」

妙は確信して言ったが、五助はそれには食いついてこず、かねてからの悩みを打ち明けはじめた。

「ただ、その夫婦養子の話も、ここ半月ばかり旦那様の口から出ることはなくなりました。図々しく私の方から言うわけにもいきませんし」

「なるほど、それで物忘れだと……」

妙は言い、納得して頷いた。恐らく夫婦養子の話を口にしたのは、生前の宗右衛門だったのだろう。

だから大河童と入れ替わってからは、忘れているというよりも、単に知らないだけなのだった。

そして生前の宗右衛門は、おそらく自分が死ねば五助とその嫁に摂津屋を委ねるつもりで、伊兵衛と交わした身代を譲る約束などは、単に酒席の座興と思っていたのかも知れない。

「他に、この半月ばかりで変わったことは？」

「お優しかった旦那様ですが、ここのところ時に、やけに冷たく怖い眼をするようになりましたね。どこかお加減でも悪いのかと心配しているのですが」

「そう……」

「以前は、川津屋さんと毎日のように碁を打っていたのですが、ここ最近は二人が会っているところを見ません。まさか喧嘩などは」

五助も、気になっているように言った。

「いえ、仲の良い二人ですからね、喧嘩などはないでしょう。今は花見などで、互いに書き入れ時ですからね」

妙が言うと、五助も安心したように頷いたが、また不安げに顔を上げた。

「それより、ここ最近、界隈にお役人の姿が多く、やけに物々しいですが、また盗賊が襲って来るような恐れがあるのでしょうか」

今度は五助が、顔を向けて訊いてきた。

そして五助は、自分の頬を撫で回した。

「あ、もしかしてあの晩、顔を鉤裂きにされた……?」

妙は思い立って言ったが、五助の顔にはなんの傷跡も残っていない。

「ええ、小さな熊手のようなもので引っ掻かれましたが、旦那様がどこぞで仕入れたという傷薬を頂いて塗ったら、二、三日で傷が消えました」

「そう、良かったです」

妙は言い、やはり河童は様々な薬に精通しているようだと思った。まして河童のつけた傷は、河童の薬だからこそ完全に治ったに違いない。

「とにかく、私たちが必死に盗賊たちから町を守ってみせますので、どうか安心して下さいね」

「はい、よろしくお願い致します」

五助が言うと、二人は結城道場に着いた。

撃剣《げつけん》の音が聞こえているので、格子窓から道場を覗くと、鈴香が若侍の門弟たちを片っ端から叩きのめしていた。

鈴香が荒れ気味になっているのは、最近酒が飲めないからではなく、昨夜顔に痺れ薬を浴びせられた不覚を自分で腹に据えかねているのだろうが、門弟たちこそ気の毒である。

「おう、お妙、五助も一緒か。中へ運んでくれ」

一息ついた鈴香が気づいて言い、五助は荷車を乗り入れ、母屋の勝手口へと回っていった。

すると、道場から鈴香が出て来たので、もう立ち上がれる門弟がいなくなったようだった。

「お妙、久々に稽古するか？」

「いえ、五助さんと一緒に日本橋へ帰りますので」

「そうか、では私は水を浴びて着替えたらすぐ追いつく」

鈴香は言い、稽古着をはだけながら井戸端の方へと行った。

道場の中では、稽古を終えてほっとした門弟たちが、痛む体を立て直して掃除をはじめていた。

妙が勝手口へ行くと、

「まあ、お妙さん、どうぞ」

雪が笑顔で迎えてくれ、茶を淹れてくれた。

酒樽を運び込んだ五助も遠慮しながら茶を飲んでいるので、妙も少し休ませてもらうことにした。

「毎晩大変ですね。うちの人は、鈴香さんが夜遊びでも覚えたんじゃないか、なんて心配しているんですよ」

「うちもなんですよ」

雪が言い、妙も笑って答えた。

武士と町人で身分は違うのだが、娘を心配する親はどこも同じようなものだと妙は思った。

新右衛門は、今日は寄り合いか何かで他出しているらしい。

やがて茶を頂くと、五助が良い頃合いで腰を上げたので、妙も雪に辞儀をして結城道場を辞した。

五助は空の荷車を牽き、また妙は一緒に歩いた。

「お佐枝さんと、添い遂げられると良いですね」

「有難うございます。あいつも大火で身寄りを亡くしているもので」

「そうなの……」

妙は言い、二人が幸せになってくれることを心から願うのだった。

二

「どけどけえ……！」

妙と五助が歩いていると、正面から馬に乗った武士が二騎、周囲に怒鳴りつけながら走って来た。

どうやら暇を持て余している旗本の次男三男、破落戸まがいの鼻つまみ者らしい。

五助が、慌てて荷車を脇へ寄せようとしたが間に合いそうになかった。

「どかぬか、無礼者！」

先頭の武士が怒鳴ると同時に、妙は素速く荷車を蹴って跳躍していた。

そして宙で馬の手綱《たづな》を握って地に降り立つと、馬も妙の勢いに恐れをなしたようにタタラを踏んで急に止まった。後ろの馬も慌てて止まったので、二人の若侍が転げ落ちてしまった。

そんな様子を、五助が立ちすくんで目を丸くして見ていた。

「き、貴様ァ。無礼打ちにしてくれるわ！」

憤怒の形相で立ち上がった若侍が、いきなり抜刀して斬りかかって来た。

妙は慌てもせず、十手を抜いてガキッと受け止め、僅かに捻っただけで、パキン！

と刀身が折れて落ちた。

「こ、こいつ……！」

残る一人も、やっと立ち上がって刀を抜いたが、

「待て待てぇ！」

そこへ鈴香が怒鳴りながら駆けつけて来た。

「結城鈴香見参《けんざん》！　立ち合いなら私が相手になるぞ！」

「う……！」

さすがに二人とも、鈴香のことは知っているようだ。

戦意をなくしたと見て、鈴香も抜刀はせず二頭の馬を撫でた。

「良い栗毛だ。お前らには勿体《もったい》ない」

鈴香が言うと、妙は折れた刀身を拾い、ピュッと投げつけると、それは狙い過《あやま》たず
ストッと男の鞘に入った。

「ひいい……！」

男は折れた刀を握ったまま声を震わせ、そのまま尻餅をついた。

「二人とも、明日から道場へ来い。稽古をつけてやる。だが馬でなく歩いて来い。どうだ、来るか来ないか！」

鈴香が鬼の形相で迫ると、二人は力なく嫌々をした。

「来ないなら髷を斬るぞ。髪が伸びるまで道場で働かせる」

鈴香は言うなり素速く抜刀し、頭上でクルリと一回転させると目にも留まらぬ速さで、逆手でパチーンと納刀した。

神田明神で居合斬りをしている見世物など、足元にも及ばぬ鮮やかさである。

すると二人が腰に下げていた印籠《いんろう》がぽとりと落ち、さらに二人はへたり込んで震え上がった。

「い、行く……」

「行くではない。行きますだろう」

「行きます……」

二人は声を揃えて言った。

「よし、来ねばこの印籠の家を訪ねるからそう思え」

鈴香は言って二つの印籠を拾い、懐中に入れた。

「では行こうか」

鈴香が言うと、妙も五助を促して歩きはじめた。すると二頭の馬が、恐れるように道を空けた。

「ようよう、すげえぞ、お二人さん!」

見ていた人たちが妙と鈴香に喝采を浴びせると、居たたまれなくなったように二人の若侍も、馬の手綱を引いてそそくさと立ち去っていった。

「な、なんと、お二人とも凄い……」

五助が声を震わせて言い、今にも腰を抜かしそうにヨタヨタと荷車を牽いた。

「五助、真っ直ぐ進め」

「は、はい……」

鈴香に叱咤され、五助はシャンと背筋を伸ばして返事をした。

「此度の敵も、今のように簡単だと良いのだがな」

「ええ……」

妙は鈴香に答え、やがて一行は日本橋に着いた。

五助は頭を下げて摂津屋へと戻り、妙と鈴香は川津屋に入った。

伊兵衛に挨拶してから部屋に行くと、美代が春のお手玉の相手をしていた。

なるほど、いかにも仲良しの母娘のように見える。

「お手玉なら私も入れてくれ。飛礫《つぶて》を打つ要領で得意だ」

鈴香が大刀を置き、色気のないことを言って座った。春も大喜びで鈴香を迎え、三人でお手玉をはじめた。

妙が庭を見ると、ちょうど佐枝が洗濯物を取り込んでいるところだった。

妙は縁側から庭に下り、佐枝に話しかけた。

「さっきまで外で、五助さんと一緒でした」

「まあ、そうですか」

言うと、佐枝は片笑窪《かたえくぼ》を見せて答えた。

「いろいろ、お話を伺いました」

「では……」

妙が囁くと、佐枝はぽっと頬を染めてモジモジと言った。

「ええ、一緒になる約束のことは、伊兵衛さんには？」

「いえ、まだ言ってません。はっきりしたら、摂津屋さんの方から、うちの旦那様に話をしてくれるということですので」

佐枝が、やや声を潜めて嬉しげに言う。

以前の宗右衛門が申し出れば、伊兵衛も身代を譲る約定など構わず反古にして、快く佐枝を送り出すに違いない。

宗右衛門も伊兵衛も、大店の主の驕《おご》ったところなどなく、孤児や大火で身寄りを失った者たちを雇い入れ、界隈では二人とも仏のように信頼と人望を集めているようだった。

その宗右衛門が、あやかしと入れ替わっているのである。

「水路を挟んでの逢瀬も、もう少し辛抱して下さいね」

「まあ、あの人ったら、そんなことまでお話ししたのですか……」

妙が言うと佐枝は顔を覆い、思わず洗濯物を取り落としそうになったので、妙が素速く支えてやった。

やがて洗濯物を抱えた佐枝が家に入ると、妙も部屋に戻った。

すると、遊び疲れたように春が昼寝をはじめていて、美代が妙と鈴香に茶を運んで来てくれた。

僅かの間に美代も、すっかり川津屋の住人になっているようで、伊兵衛も春の世話を任せきりにしているらしい。

（これで、お美代が伊兵衛殺しなど企んでいなければ良いけれど……）

妙は一瞬思ったが、すぐ恥じるようにその考えを打ち消した。

様子を見ていても、美代は信用して大丈夫だろう。

まして舟から甲太に落とされた鈴香と春の両方を、美代は必死に助けてくれたのである。

妙は、眠っている春の様子を見ながら、鈴香と美代に、人であった頃に宗右衛門が言った、五助と佐枝を夫婦養子にするという話をした。

「そうか、身代を譲り渡す約定などより、その方がずっと良いな。双方の店も、ますます親密になることだろう」

「ええ、だからこそ、どちらの店の奉公人たちも、決して一人も傷つけず守らなければなりません」

妙が頰を引き締めて言うと、鈴香のみならず、美代も力強く頷いたのだった。

やがて春が目を覚まし、日が傾く頃には夕餉の仕度が調い、今日は湯屋でなく久々に風呂も焚いたようだった。

もちろん妙と鈴香は風呂になど入る余裕はないし、それに無意識に、鬼の力で汗も汚れもつかないようにしているのだった。

春も一緒に、皆で手早く夕餉を済ませると、妙と鈴香は、春の相手を美代に任せて外に出た。

日が没して暮れ六つの鐘の音が聞こえてくると、表通りには、真之助と多くの岡っ引きたちも姿を現した。

すでに三人娘も、川津屋の庭に入り込んでいることだろう。

「油断するなよ。それから薬を顔に浴びせられないように気をつけるんだ」

真之助が岡っ引きたちに言う。そのことを鈴香から聞いて、間合いが離れていても気をつけるよう言い含めたのだ。

岡っ引きたちは周辺に散り、真之助は橋の欄干にもたれて莨を一服した。

まだ西の空は明るく、夜半まで事は起こらないだろう。

「お美代は、すっかり川津屋に入り浸っているのか」

真之助が、煙をくゆらせて訊いてくる。

「ええ、お美代さんがついていれば、お春ちゃんもいきなり暴れるようなこともないでしょう」

お美代を気にしているであろう真之助に、妙は何気ない口調で答えると、真之助も重々しく頷いただけだった。

三

「あれは誰だ？　いま摂津屋から出て来た男は、確か番頭ではないか」

真之助が言って妙も目を遣ると、確かに五助が閉めたばかりの摂津屋から出て、こちらに向かっているではないか。

「ああ、五助さんです。どちらへ？」

妙は真之助に答え、五助にも声を掛けた。

「これは、お妙姐さん」

橋の半ばまで来て、五助は妙や真之助たちを見て表情を引き締めたが、すぐに笑みを浮かべた。

「うちの旦那様から、お隣の伊兵衛さんへ言伝《ことづて》です。ここのところお目にかかっていないので、夕餉の腹ごなしに、久々に一局どうかと。こちらから出向いても良いし、お越しになってもらっても良いということです」

五助が言う。

確かに以前、主たちは互いの家を行き来して碁を打っていたようだ。

その言葉に、いよいよ大物のお出ましか、と真之助が眉を険しくさせた。

「では、私が訊いて来ますね。そこでお待ちを」

妙は五助に言い、急いで川津屋に戻ると、他の奉公人たちのいないところで伊兵衛に話した。

「さて、どうしたものでしょう……」

伊兵衛は、困惑したように妙に言った。

確かに一対一で碁を打つのは危ないが、いつまでも決着を先延ばしにするわけにもいかない。

妙は答えた。

「ええ、ここは一つ、迎え入れたらどうでしょう。その方が、こちらも守りやすいし、宗右衛門が以前と違うような碁の打ち方をすれば別人とはっきりするはずです」

伊兵衛一人摂津屋へ行けば、そう多くの警固の人まで一緒に行くわけにいかないので、やはり宗右衛門一人に来てもらった方が良い。

「承知しました。ではお待ちしているとお伝え下さいませ」

伊兵衛も意を決したように言い、奉公人に茶と囲碁の仕度を申しつけた。

妙は外に出て、待っていた五助にそのように伝えた。

「承知しました。ではうちの旦那様に、こちらへ伺うよう伝えます」

五助は妙や真之助に辞儀をして言い、すぐ摂津屋へと引き返して行った。

「では、私は伊兵衛さんの近くにいますので」

「俺たちはどうしたら良い」

「庭で待機して下さい」

「ああ、分かった」

真之助が答えると、妙は川津屋に入り、鈴香と美代にその旨を伝え、急いで庭に出ると、物陰に潜んでいた三人娘も采配した。

囲碁は、いつも縁側に面した座敷で行うらしい。

今宵は暖かいので縁側の戸も開け放ち、ちょうど庭の夜桜も見えるので篝火《かがりび》を焚いて風情のある景色にした。

庭には真之助が回り込み、明烏は茂みに隠れ、伏乃は床下、紅猿は天井裏に入り込んで隙間から宗右衛門の様子を窺うことにした。

他の岡っ引きたちも、水路脇の路地や出入り口付近に散った。

妙は、碁盤と座布団の位置を確認し、火鉢はあるが火箸だけ抜いて遠くへ置いておいた。

他に、武器になるような物はないか見回した。

しかし、最も危ないのは宗右衛門の爪だろうし、碁盤を挟んだ指呼《しこ》の間《かん》でいきなり飛びかかられたらひとたまりもないだろう。

だが、宗右衛門も周囲の常ならぬ気を感じ、生きて帰るためには、そうそう無謀なことも出来ないだろう。

ぬかりなく手配を終えると、妙と鈴香は隣の部屋に待機した。

「良いか、何かあったらすぐ飛び込むぞ」

「ええ」

言われて、妙は鈴香に頷いた。

「それにしても、一人で乗り込んで来るとはな」

「恐らく、様子見でしょうね。まだ奉公人たちも起きているし」

妙が十手を摑んで答えると、鈴香も帯刀のまま立て膝で座り、すでに鯉口を切っている。

春は美代と一緒に湯殿で、出ればすぐ寝るだろうから、ずっと美代についてもらうよう言ってある。

やはり、宗右衛門と美代は会わせない方が良いだろう。

やがて宗右衛門が来たようで、伊兵衛が出迎えに行き、二人は碁盤のある座敷へと入って来た。

「いやあ、実にお久しぶりです。何やら私は避けられているのかと思いましたが」

宗右衛門が笑顔で言い、すすめられるまま貫禄ある巨体を揺すって座布団に腰を下ろした。

「滅相もない。何かと慌ただしかったものですから」

伊兵衛も、なんとか笑みを浮かべて向かいに座った。

やはり以前のままの宗右衛門で、変わりない様子に安心したのかも知れない。

「それにしても、何やら物々しいですな。表通りや路地にも十手持ちが」

「ええ、摂津屋さんの酒蔵が襲われてからこの方、お役人がたいそうここらを守ってくれております」

伊兵衛が答え、妙は隙間から宗右衛門の様子を窺っていた。特に、袂や懐中に痺れ薬の瓶や包みなどを持っている様子はない。

「いやあ、相変わらず手入れの行き届いた庭ですなあ」

宗右衛門は庭の景色を眺めて言ったが、果たして、潜んでいる三人娘などの気配を察したかどうか。

そして二人は碁をはじめた。客の方が白石《しろいし》を使う取り決めのようで、伊兵衛がパチリと黒石《くろいし》を置いていく。

河童でも、年を経れば碁ぐらい打てるのだろうが、やはりそれぞれに癖というものがあり、長年互いに打ってきた伊兵衛なら、本人かどうかすぐに気づくのではないだろうか。

「ときに、うちで雇っているお美代は、こちらへお邪魔していませんか」

宗右衛門が茶をすすり、盤面を見ながら言った。

「ええ、お春がたいそう懐いておりまして、そばについてもらっておりますが、宗右衛門さんには、そのように伝わっておりませんか?」

「ああ、そういえば確かに……」

双方、腹の底を探り合うような会話が続いたが、やがて碁も中盤に差し掛かったようだ。

石を置く手も互いに休みなく、伊兵衛も特に違和感はなく、長年打ってきた相手に対しているような様子であった。

話では、碁の腕はほぼ互角らしいが多少、宗右衛門の方に年の劫《こう》があるらしい。そして終盤となると会話も止み、伊兵衛が考え込むことが多くなった。

やがて半刻（約一時間）足らずで勝負が付き、どうやら僅かな差で宗右衛門が勝ったようである。

「いやあ、参りました。久々で調子が出ません」

「こちらこそ、楽しゅうございました」

伊兵衛が言うと宗右衛門も答えた。

そこへ、新たな茶を持った佐枝が入って来た。

「少し冷えてきたかな。お佐枝、戸をお閉め」

「はい」

伊兵衛が言い、佐枝が立って縁側を閉めた。

「では、私はこれにて。次は是非うちへお越し下さいませ」

宗右衛門がチラと佐枝を見て、茶を飲み干すと言い、腰を上げた。

そして伊兵衛が見送りに玄関へ行き、そのまま何事もなく宗右衛門は出て行ったのだった。

もちろん妙と鈴香も物陰から見送り、路地から外へ出た真之助も、宗右衛門が摂津屋へ入るところまで見届けたようだ。

やがて伊兵衛が部屋に戻り、妙と鈴香、真之助も入って来て一同が会した。

「ああ、ひどく疲れたぞ……」

真之助が言い、火鉢で一服しはじめた。

「碁の様子は如何でしたか」

「ええ、やや強くなっていますが、以前の宗右衛門さんの打ち手と、そう変わったことはございませんでしたが、本当に……」

妙が訊くと、伊兵衛は疑いを持ちはじめたように答えた。

いつも通りの宗右衛門だったので、まさか大河童が化けているとは信じられなくなったのかも知れない。

「実に隙のない男だ。河童というから、蛙と亀の合いの子ぐらいに思っていたが、あれは相当に手練れの剣術遣いに匹敵する貫禄だぞ」

鈴香が言う。鈴香も隙間から窺いながら、宗右衛門の迫力に相当気力を奪われたようだった。

「では、やはり本人ではないのですね……？」

伊兵衛が念を押すように言う。

「ええ、今は様子を見に来たのでしょう。我らが潜んでいることも、全て見抜いたのではないかと思います」

妙は答え、思い出したように座を立って、春の様子を見に行った。

「寝付いたところです」

添い寝していた美代が静かに言い、春も軽やかに寝息を立てているので、妙も安心して頷き、すぐにまた皆のいる部屋へ戻った。

「今夜、来るでしょうね」

妙が座って言う。

「来るか……」

「ええ、潜んでいる我らの人数を察し、それに合わせた準備をして、攻めて来るのではないかと」

妙が答えると、真之助は煙管の灰を落として頰を引き締めた。

「麻生様、岡っ引きたちは帰して下さい」

「なに」

「あやかし相手ですので、我らだけで迎え撃ちましょう」

確かに、宗右衛門をあやかしと知っているのは、ここにいる四人と三人娘だけである。いや、もう一人、美代がいるが、春のそばについていてもらうので、伊兵衛ともども戦力にはならないだろう。

と、庭に羽音が聞こえたので、妙は戸を開けて外を見た。

「若にも来てもらいます。いま報せましたので」

明烏が言い、妙は大いなる加勢に力強く頷いたのだった。

四

妙は、春と伊兵衛には同じ場所に居てもらうことにした。

美代が、眠っている春を背負って紐で縛り、伊兵衛と並べて襖のない部屋の隅に座らせた。

これで守りやすくなるだろう。

春は剛胆なのか、横になっていなくても美代の背でぐっすり眠っている。

伊兵衛に春を背負わせた方が守りやすく、美代も戦力になるかも知れないが、それだといきなり春が伊兵衛の首でも絞める恐れがある。

それに春は、美代の背にいる方が大人しくしていそうだった。

奉公人たちも、それぞれの部屋に引き上げて休む頃合いだ。

そこへ、小太郎も入って来た。

いた。
「百瀬小太郎と申します」
「ああ、奉行所の手伝いをしてもらっている、頼りになる男だ」
小太郎が伊兵衛に挨拶すると、真之助がぶっきらぼうに付け加えた。
相変わらず涼やかで、緊張の色もない着流しの小太郎は帯に脇差、鬼斬丸を差して
いた。
それは遠い星から落ちて来た、隕鉄《いんてつ》で作られた神秘の刀だ。
伊兵衛も、新たな味方に頼もしげな顔つきになった。
妙と鈴香は待機し、三人娘も庭に散っていた。
縁側の戸は開け放したが、篝火は消し、庭を照らすのは月光だけである。風はない
が冷えてきて、伊兵衛と美代の両脇には火鉢が置かれていた。
息詰まる中、ワン、と遠くで伏乃の声がした。恐らく摂津屋との境にある水路の手
前、路地の辺りだろう。
「来ますよ」
妙が十手を握りしめて言うと、一同は身を引き締め、鈴香と小太郎は座したまま鯉
口を切った。
間もなく明烏の忙しげな羽ばたきと、キキッと紅猿の声が聞こえた。

たちまち嵐が来たように、庭が物々しい喧騒《けんそう》に包まれると、

「小河童は任せろ」

鈴香が言って身を起こし、二刀を抜いて庭へ飛び降りて行った。

少し遅れて真之助も飛び出してゆき、妙と小太郎は、春や伊兵衛の近くから離れなかった。

妙が立って庭の様子を見ると、夥しい小河童たちが水路から路地に這い上がり、庭に入り込んで暴れていた。

前に痛めつけた連中も、妙薬で回復しているのだろう。

だから鈴香も連中の爪を避けながら、今回は峰打ちではなく容赦なく二刀で脳天に斬りつけ、真之助も十手ではなく大刀で斬りかかっていた。

三人娘も、それぞれ牙や爪、嘴で奮戦し、傷ついた小河童たちは次々に悲鳴を上げて水路に逃げ込んで行った。

だが一匹だけ、すばしこい男がいた。

甲太である。

頭の皿を守るためか、濡れ手拭いでほっかむりをし、連中を飛び越えて勢いよく縁から飛び込んで来た。

迎え撃つのは妙である。

と、甲太はいきなり口から緑色の汁を吐きかけてきたではないか。

痺れ薬は小瓶などではなく、口から吐き出すものだった。

だが警戒していた妙は、袂で顔を覆いながら避けて回り込み、渾身の力で十手を振るった。

身軽な甲太は宙に舞って十手を躱し、伊兵衛たちの前に降り立った。

小太郎が鬼斬丸を抜いて迫り、妙も甲太の背に向かった。

が、そのとき襖が開いて、宗右衛門が入って来たのである。恐らく勝手口でも破って来たのだろう。

碁を打っていたときとは違い、宗右衛門の目が怪しくぎらつき、全身から揺らめくような妖気を発していた。

「そ、そうえも……」

その様子に、さすがの伊兵衛も宗右衛門をあやかしだと確信したようだ。

さらに、なんと宗右衛門の後ろから、五助まで目を光らせて入って来たではないか。

「ご、五助さん……」

妙が絶句すると、さらに別の襖が開いて、なんと佐枝までが入って来たのである。

どうやら宗右衛門は、茶を運んで来た佐枝を見るなり、五助に加勢するように、とでも術をかけていたようだった。

(油断も隙もない……)

妙は思い、

「百さん、佐枝さんと五助さんは傷つけないで!」

「ええ、承知」

言うと小太郎もすぐに答えた。

そこへ、鈴香と真之助が加勢に上がって来た。

小河童たちは、もう三人娘だけで充分のようで、大部分は完膚《かんぷ》無きまでに痛めつけて水路へ叩き込んだようである。

その全てを片付けると三人娘たちも、黒ずくめの人の姿に戻って入って来た。

宗右衛門を小太郎と鈴香が挟み、妙は甲太に専念した。

三人娘は伊兵衛たちを守りながら、五助と佐枝に対峙《たいじ》した。

五助も佐枝も無表情で、眼だけ光らせて迫って来る。

笑窪のある佐枝までが凄い形相で爪を立てようとし、五助も手足で攻撃を仕掛けて来た。

だが三人娘が攻撃するまでもなく、美代が五助と佐枝の胸ぐらを摑んで顔を寄せ、鋭い視線を浴びせかけただけで、二人は糸が切れたようにヘナヘナと崩れ落ちてしまったのである。

やはり宗右衛門の娘である美代にも、術を解く力が備わっているのだろう。

それを見ると、妙も安心して甲太に十手を振るった。

「ふん、やはり人は頼りにならねえな」

甲太は身軽に十手を避けると、気を失った五助と佐枝を見て嘯き、妙への攻撃に専念した。

「江戸に、こんなにもあやかしがいるとはな」

宗右衛門が一同を見回して低く言い、最も強敵らしい小太郎に向き直った。

小太刀の構えの小太郎は左手を腰に当てて半身になり、鬼斬丸の切っ先を宗右衛門に向けた。

その脇から、鈴香も油断なく二刀を構えている。

「姐さん、いくぜ」

低く構えた甲太が言うなり飛びかかり、妙は爪を避けて十手を叩きつけた。

しかし、その攻撃が甲太の素速い怪力で弾かれ、不覚にも妙は十手を取り落としてしまった。

「あ……！」

同時に、甲太が組みついてくるので妙も必死に受け止めた。

互いの帯を摑みながら投げを打ち合うが、畳で足が滑る。だが条件は同じで、水辺でないだけ妙の方が有利かも知れない。

そのまま妙は縁側まで押していったが、甲太が腰を捻ると二人はもつれ合いながら一緒に庭へ落ちた。

妙は毒液を避けるように押さえ込んだが、甲太が巴投げのように足で妙の下腹を蹴上げてきた。

どうあっても、水へ叩き込むつもりなのだろう。

投げられながら妙は、身を反転させて足を地に着けた。

そこへ、すかさず甲太が組みついてこようとするので、妙は咄嗟《とっさ》に、そこにあった篝火の燃えさしを摑んで突き出した。

「ギャーッ……！」

片目を刺された甲太が絶叫し、顔を押さえながら懸命に飛翔し、そのままザブリと水路に飛び込んで行ったのだ。

もちろん追うつもりはない。

どんなに傷ついていても、水中では河童に敵わないだろう。

妙は急いで引き返し、縁から部屋に飛び込んだ。

ちょうど小太郎が切っ先を突き出したところで、宗右衛門が勢いよく口から緑色の液体を吐きかけたのだ。

小太郎が咄嗟に身を屈めて避けると、液体を浴びた襖が見る見る溶け出していくではないか。

どうやら痺れ薬ではなく、強烈な溶解液らしい。

胃の腑から逆流させたのだろうが、大河童ともなると我が身はびくともしないようだった。

同時に鈴香の大刀が宗右衛門の腕に斬りつけたが、ガキッ！　と音がして跳ね返された。

どうやら全身を、甲羅のように硬化させているのかも知れない。

すると、美代が手早く紐を解いて春を下ろすと、妙が落とした十手を拾って宗右衛門に立ち向かっていったではないか。

「お前まで連中の仲間か……」

宗右衛門は言い、娘に睨まれて戦意をなくしたか、甲太もやられたようだし、勢いよく庭へ飛び出していったのだ。

遠くで水音が聞こえると、一同は力を抜いてその場に座り込んだのだった……。

五

「なんと、恐ろしい……」

伊兵衛は青ざめ、力なく声を震わせた。

小太郎も鈴香も刀を納め、三人娘はいつの間にか姿を晦ませていた。

「宗右衛門のみ、無傷で返してしまったか……」

鈴香が言い、倒れている五助と佐枝を見下ろした。

「これは、隣の番頭……」

ようやく伊兵衛も気づき、気を失っている佐枝とともに、そこに倒れている五助を見て言った。

「大丈夫、何もかも忘れていますから」

美代が妙に十手を返して言い、二人を揺り起こした。

間もなく五助と佐枝も目を開け、力なく身を起こしながらきょとんとした顔で皆を見回した。

すでに二人とも、操られている様子はなかった。

「ここは、川津屋さん？　なぜ私がここに……」

「寝ぼけて来てしまったようですね」

妙が言っても、五助はわけが分からないようだった。

佐枝もすっかり表情を和らげ、なぜここに五助がいるのか混乱している。

「あの、黒ずくめの三人の娘は？」

「ああ、あれは私の妹分たちです。素破の術を心得ているので」

伊兵衛が訊くと、小太郎が答えた。

「とにかく今日は、五助さんをここへ泊めてあげて下さい」

「え、ええ、構いませんが」

妙が言うと、伊兵衛も要領を得ないまま頷いた。

「出来れば、お佐枝さんの部屋で一緒に過ごして下さい」

妙は言い、戸惑う二人をなんとか追い出した。二人も、朦朧としながらなんとか佐枝の部屋に入ったようである。

「あの二人は、恋仲なんですよ」

「え、それは知りませんでした……」

「一件落着したら、一緒にさせてあげて下さい」

妙が言うと、伊兵衛もなかなか頭がついていかないようだが、なんとか納得してくれたようだ。

「大捕物と、恋の橋渡しまでするか。お妙も忙しいな」

鈴香が苦笑して言うと、ようやく落ち着いてきたように真之助が煙管を出して莨を吹かした。

「だが、あんな術を持っているのに、なぜ宗右衛門は伊兵衛さんに、自ら死ぬような術をかけなかったのか……」

「それは、生きようとする本能があるから、本人にはそうした術はかけにくいのではないでしょうか」

真之助が呟くと、小太郎が答えた。

「ええ、確かに、殺すには他の人に襲わせる方が成功しやすいのです」

美代が春を抱きながら言い、妙も納得したように頷いた。

そんな様子を、伊兵衛がじっと見つめながら口を開いた。

「なあ、お美代さん、こうした最中にこんな話もどうかと思いますが、このままお春の母親になってくれませんか……」

「え……」

いきなり言われて美代が顔を上げ、少し離れたところで煙管をくわえた真之助が身を強ばらせた。

「それは、後添えということですか。でも私は……」

「いいえ、あなたの素性などはどうでもよいのです。それに私も、もう年だから今さら色恋というわけじゃない。とにかくお春には、おっかさんと呼ぶ人が必要だと思うのです」

伊兵衛の言葉に、外方《そっぽ》を向いて硬直している真之助以外の全員が、笑みを含んで強く頷いていた。

「それは良い。お春坊も喜ぶだろう」

真之助の気持ちなど知らない鈴香が言う。

「ねえ、麻生さん、あなたもそう思うだろう」

「あ、ああ……」

鈴香が気楽に言うと、真之助は小さく答えてポンと灰を落とした。

妙と小太郎だけ、複雑な表情で成り行きを見守っていた。

「なあ、お美代さん、異存が無ければ承知して欲しいのだが」

「はい……、でもその前に、親玉を倒しませんと……」

美代は伊兵衛に答え、父親である宗右衛門を亡き者にする覚悟も、とうに出来ているようだった。

「おお、全ては落着してからということで、心に留めておいて下さい」

伊兵衛が言うと、美代も春を抱きながら素直に頷いたのだった。

そこで妙も、以前人であった頃の宗右衛門が、跡継ぎに五助を選んだことを伊兵衛に話したのだった。

「そうですか。いや、私も双方の身代がどうのという約定などどうでもよいと思っていたのです。五助なら若いが人望もあり、働き者のお佐枝と上手く酒問屋を切り盛りしていくことでしょう」

伊兵衛も快く言った。

「ええ、それが以前の宗右衛門さんの気持ちでしたから」

「ならば今後とも、お隣とも親しくなれることでしょう」

妙が言うと、伊兵衛もすっかり先々への思いに表情を明るくさせた。

「さて、そうと決まれば解決は早い方が良い。今度はこちらから攻め込むとするか。甲太もお妙が手傷を負わせたようだし、もう小河童たちも動けまい。強敵は宗右衛門一人だ」

鈴香が言い、そのつもりだった妙と小太郎も強く頷いた。

すると、いち早く真之助が大刀を手に立ち上がり、勢いよく外へ飛び出そうとしたではないか。

「麻生様は、ここで伊兵衛さんたちを守って下さいませ」

妙も立ち上がり、自棄《やけ》になりそうな真之助を押しとどめて言った。

「お、俺も一緒に攻め込む」

「相手は大あやかしですよ。それより、お春ちゃんのそばにいて下さい」

妙がきっぱりと言うと、真之助も足をとどめた。やはり自分に、あやかしの相手は無理と思ったのだろう。

「わ、分かった……」

「ああ、我らに任せてくれ」

真之助が頷くと、鈴香が言って庭に下りた。

妙と小太郎も続き、三人娘も姿を現した。

部屋では、さっきと同じように伊兵衛と、春を抱いた美代が隅に座り、その前で真之助が仁王立ちになった。

それを確認してから、妙は皆と水路へと向かった。

風が刺すように冷たいと思ったら、雲の切れ間から月は見えているが、微かに風花《かざばな》が舞いはじめていた。

「雪か。雪見と花見と月見で一杯やりたいものだな」

久しく飲んでいない鈴香が言い、水路の手前の路地に来た。

「ここにも、小さな橋を架けたら良いですね。今後とも、二軒の店が仲良く行き来出来るように」

「正に、恋の橋渡しだな。人より自分の世話を焼いたらどうだ」

鈴香が妙に言う。

妙の思い人はすぐ隣にいるが、小太郎は鬼斬丸の鯉口を切りながらも、ノンビリと月を仰いでいた。

「三人は、庭から中を見張っていて。五助さんたちにかけられた術がぶり返さないとも限らないから」

「はい」

妙が言うと、三人娘は縁側に戻った。

「渡るか」

鈴香が言い、妙も一緒に水路を飛び越そうとした。

だが、その時である。水面が波打ったかと思うと、いきなりザバッと黒い影が飛び上がって来たのだ。

片方の目を手拭いで斜めに縛った甲太だ。

さらに続いて宗右衛門も、勢いよく巨体を躍り上がらせた。

「おのれ、待っていたか」

鈴香が大刀を抜き放って甲太に斬りかかったが、甲太は軽々と飛び越えて庭に降り立った。

それを鈴香が追う。

宗右衛門は小太郎の足首を摑み、水路へと引き込もうとしていた。

その怪力に思わず小太郎も仰向けに倒れ、そのままズルズルと水路へと引きずられて行った。

「百さん！」

妙は跳躍して叫び、宗右衛門の脳天に渾身の力で十手を叩き込んでいた。

同時に、小太郎も鬼斬丸を抜刀し、一瞬のうちに宗右衛門の手首を切り落としていたのだった。

「ム……！」

宗右衛門が呻き、自由になった小太郎はいち早く立ち上がった。その足首には、切断された宗右衛門の手が食い込んだままである。

「なんと、儂を斬るとはただの刀ではないな……」

這い上がって立ち上がった宗右衛門が、苦痛に顔を歪めることもなく、手首から緑色の血を滴らせて言う。

いかに全身を甲羅のように硬化させても、神秘の鬼斬丸は鉄をも斬り裂く力を持っているのだ。

宗右衛門が溶解液を吐き出すと、小太郎と妙は左右に分かれて避け、さらに鬼斬丸と十手が、もう片方の腕と脳天に向けられた。

だが、それを避けると宗右衛門は再びザブリと水に飛び込んでしまった。

追うわけにいかないので、妙は小太郎と一緒に急いで庭へ戻った。

縁では甲太が大暴れをし、三人娘が侵入を押しとどめ、真之助も刀を振るって中の伊兵衛たちを守っていた。

三人娘は素速く棒手裏剣を投げつけたが、硬化している甲太の身に突き刺さることはなく、それらは悉く地に落ちた。

するると、甲太はチラと小太郎の足首に宗右衛門の手が残っているのを見ると、

「斬ったのか……」

甲太は意外そうに言うなり、サッと踵を返して妙を押しのけ、そのまま水路へ飛び込んで行ったのだった。

宗右衛門の手首が斬られたとなると、一人残った甲太は不利と思ったのだろう。

「若……、それは……」

伏乃が気づいて言い、小太郎の足首に食い込んでいる爪を引き剝がした。

幸い、小太郎は出血もしていない。

「ああ、大丈夫だ。言い伝えのように、手を取りに来るかも知れない。ここで待機しよう」

小太郎は言い、縁側に腰を下ろし、手を土に置いた。むろん人の手ではなく、鋭い爪と水かきの付いた河童の手である。

斬られた部分が新たに生《は》えることはないが、それでも妙薬で繫げることが出来るのだろう。

「みんな無事？」

妙が言って見回すと、伊兵衛も、春を抱いた美代も頷いた。

別室の五助と佐枝も、もう操られることはなかったようだ。

「また来るかも知れんのか」

真之助は言って大刀を納め、また火鉢に屈み込んで煙管に火を点けた。

こんな騒ぎにも、他の奉公人たちが起きて来る様子はない。恐らく宗右衛門の術で眠り込んでいるのだろう。

「本当に、皆様にお世話をかけて申し訳ありません」

「いえ、あやかしと戦えるのは私たちだけですので」

伊兵衛が言ったが、妙は答えながらいったん上がり込んだ。

そして眠っている春を抱いている美代に訊いた。

「河童の弱みはなんなのでしょう」

「それは、火です」

すると美代が答えた。同族の弱点を教えるのだから、美代も相当な覚悟でいるのだろう。

「なるほど、水のあやかしに対しては火か」

鈴香が納得したように言う。

確かに、甲太は燃えさしで目を傷つけられたのだ。

妙は再び庭にいくつかある篝火に火を点じ、さらに木屑を寄せ集めて庭で焚き火をはじめた。

小雪は火を消すほどではなく、風も徐々に止んで飛び火する心配もなさそうだ。

やがて庭がぼうっと照らし出され、満開の夜桜が見事に映えたのだった。

第六章　名残雪に舞う花吹雪

一

「ほう、雪、ですか……」

伊兵衛が庭を見て言う。

騒動の最中ではあるが、本来は風流人なのである。

風花がチラチラと儚げに舞い、たまに吹く夜風で桜吹雪も舞って、それらが火に照らされて妖しく煌めいた。

だが妙たちは、再び闘いへの備えに余念がない。

三人娘たちは、それぞれ棒手裏剣に紙を括り付けていた。敵が現れたら、火を点けて投げれば良いだろう。

妙も十手ではなく、先を尖らせた枝を焚き火にくべ、いつでも使えるようにしておいた。

鈴香と真之助は、やはり日頃から使い慣れている刀だ。

小太郎は鬼斬丸を腰に帯び、じっと座って目を閉じ、その周りには三人娘が待機している。

そして小太郎の足元には、斬り落とした宗右衛門の手が置かれていた。

「長い夜になりそうだな」

「構わず横になって下さいね」

鈴香が言うと、妙は伊兵衛や美代に声を掛けた。もっとも夜が更けようとも、眠れるような心持ちではないだろう。何も知らずに眠っているのは、春と奉公人たちだけである。

「冷えますので、よろしければ」

と、伊兵衛が言い、柄杓《ひしゃく》を入れた二斗の酒樽を縁側へ運んで来た。

「ああ、これは有難い」

鈴香が目を輝かせて近づき、柄杓に掬って旨そうに飲んだ。むろん鈴香ほどの手練れになれば、酔いに動きが鈍るようなことはない。

「旨いぞ。景気づけにどうだ。雪見と月見と花見だ」

「ええ、あとはどうせ大物だけでしょうから」

鈴香が言うと、妙も答えて一口飲み、小太郎や真之助にも柄杓を回した。

「何やら、楽しそうでございますな」

そのとき声がした。

見ると、いつの間に庭に入って来たか、宗右衛門が人を食った笑みを浮かべて縁側に近づいて来たではないか。

一同はサッと色めき立ち、三人娘は焚き火に迫って手裏剣に結んだ紙に火を点じはじめた。

しかし宗右衛門は、なんといきなり縁側に座る小太郎の前に膝を突いたのである。

「この手、お返し願えましょうか」

神妙に頭を下げて言う。やはり、小太郎が最も力のある者と見抜いて言っているのだろう。

確かに宗右衛門は、左手は地に着けているが、右手は懐手のままである。

やはり妙薬があれば、元通り手は繋がるようだ。

「返せば、国許へ引き上げますか」

小太郎が静かに言う。

「お返し頂ければ、なんなりと仰る通りに致します。江戸に、このように恐ろしげな人たちがいるとは思いもしませんでした」

宗右衛門が言うと、小太郎は頷いた。

「では、持って帰りなさい」

「有難うございます」

小太郎に答え、宗右衛門は置かれた手をそっと手にした。

そして手を口にくわえると、いきなり勢いよく立ち上がったのである。

はらりと着物が落ち、現れたのは大河童本来の姿だった。

目が爛々《らんらん》と光って、濡れた赤黒い肌に水かき、突き出た嘴に頭の皿、背には甲羅があって大海亀のように緑色の藻が尻尾となっている。

身の丈は、優に六尺（約百八十センチ）はあろう。

「ひいい……！」

恐ろしい姿に伊兵衛が声を震わせ、他の者も思わず身をすくませた。

その宗右衛門が、正面にいる小太郎に襲いかかって来た。

小太郎も立ち上がり、鬼斬丸を抜き放つ。

三人娘が、火の点いた手裏剣を素速く投げつけたが、それらは硬化した肌に刺さることはなく、悉く地に落ちた。

「おのれ、神妙にしていたのは芝居か」

鈴香が抜刀して袈裟に斬りかかったが、キン！　と音がして弾き返されていた。

妙は燃えた枝を手に、隙を窺った。

宗右衛門は口に手をくわえているので、溶解液を吐かれる恐れはない。

全身は鉄のように硬いだろうが、妙は甲太との闘いを思い出していた。

その間、小太郎が鬼斬丸を振るうと、さすがになんでも斬れる刀を恐れるように宗右衛門は身を躱していた。

その一瞬の隙を突き、妙は尖らせた枝の先を宗右衛門の目に突き立てた。

「ぐわッ……！」

宗右衛門が呻き、動きが止まった。

すると全身を硬化させる力も弱まったが、三人娘の投げる、火の点いた手裏剣が胸や腹に突き刺さったではないか。

「離れて下さい！」

そこへ、美代が叫んで縁側へ飛び出て来た。

そして手にした徳利を勢いよく投げつけると、それは宗右衛門の体に当たってパリンと割れ、同時に真っ赤な火が燃え上がった。

どうやら徳利には油が入っていたらしい。

「ギャーッ……！」

たちまち全身火に巻かれた宗右衛門が絶叫し、踊るように身悶えはじめた。

「お、お美代さん……」

妙が見ると、美代は力なく縁側に座り込み、顔を押さえて泣いていた。

さすがに、父親に攻撃したことで衝撃を受けているのだろう。

それでも美代が気丈に顔を上げ、

「とどめに、頭の皿を……」

言うなり、小太郎が勢いよく跳躍して鬼斬丸を宗右衛門の脳天に斬り下ろしていたのだった。

皿も顔も真っ二つになり、あとは声もなく宗右衛門はヨロヨロと庭の端まで行き、そのまま水路に落ちていった。

ジュッと火の消える音がして白煙が立ち上り、妙たちが駆け寄って見下ろすと、大河童の死骸が浮いて流れに揺れていた。

「済んだか……」

「ええ、でも流されると人目につきます」

 妙は鈴香に答え、浮いている舟に飛び降りた。

 そして大河童の死骸を引き上げようとすると、すぐに鈴香も下りて来て手伝った。

 なんとか、大河童は大川へ流される前に引き上げることが出来、鈴香が櫓を操って舟を河原に寄せた。

　すると、美代も河原に下りて来たではないか。

「埋めてやって構いませんか」

「ええ、もちろん」

　妙が美代に答えると、三人娘が物置にあった鋤《すき》や鍬《くわ》を持って来てくれた。

　河原に穴を掘っていると、真之助も下りて来た。

「確かに、この死骸は誰にも見せられねえ」

「ええ、町の人たちは、騒動があったことすら知らないですし」

　妙は言い、やがて掘った穴に大河童を入れると、土をかけて埋めはじめた。

　大河童は頭を割られ、全身が焼け焦げ、まだ口には自分の手をくわえたまま目を見開いていた。

「どうしたもんかな……」

「宗右衛門さんの着物を浮かべて、土左衛門は下流に流されたということで」

「ああ、そのように報告するしかないな」

真之助は妙に答え、早くも覚書の段取りを考えはじめたようだ。そうでもしないと辛い思いに気が滅入るのだろう。

「お察し致します」

「なんのことだ」

真之助がとぼけて言うと、妙は手を合わせている美代と一緒に、土饅頭に向かって合掌した。

「悲しいですね。どうか気を落とさないで」

「ええ、大丈夫です……」

妙が囁くと、美代は顔を上げて答えた。これから美代には、春の母親になるという役目が待っているのである。

「甲太はどうなったでしょう」

「あれは、父がいなければ何も出来ません。目を傷つけられ、父の死を知れば尻尾を巻いてどこかへ行ってしまうでしょう」

美代が答え、やがて一同は川津屋の庭へと戻った。

東の空が白みはじめ、間もなく明け六つの鐘が聞こえてくるだろう。

いつの間にか庭には雪が薄く積もりはじめ、それと競い合うように桜吹雪が舞っていた。

それでも月が見え、雲が流れているので間もなく雪は止むことだろう。

と、伊兵衛が庭に下りて来て、隣家との身代に関する約定を書いた紙を焚き火に投げ入れたではないか。

「これで、互いの身代はそのまま、摂津屋さんは五助たちが切り盛りするでしょう」

伊兵衛が言い、妙も頷いた。

いつしか、小太郎と三人娘は姿を消し、鈴香は縁に腰掛けて余りの酒を飲んでいたのだった……。

二

「五助、話があるんだ。よくお聞き」

日が昇り、朝餉を済ませると、伊兵衛が五助に言った。

五助は、なぜ川津屋で朝を迎えたのか、未だに要領を得ない顔つきをしている。

昨夜も朦朧としていたので、同じ部屋だが五助と佐枝は何事もなく、すぐ眠ってしまったようだ。

真之助と鈴香は帰り、妙だけその場に残っていた。

部屋にいるのは伊兵衛と妙、そして五助と佐枝の四人である。

奥の部屋では美代と春がまだ寝ている。大河童の死により、五助や佐枝、春にかけられた術も完全に解けていた。

「はい、なんでございましょう」

「悲しい報せだが、宗右衛門さんが亡くなった」

「え……！」

伊兵衛の言葉に五助は絶句し、隣で佐枝も目を丸くしていた。

「い、いったいなぜ……」

「ああ、どうやら夜桜を見に出たところで、水路に落ちてしまったらしい。だいぶお酒も入っていたようだしな」

伊兵衛は、妙と打ち合わせた通りに言った。

「そ、そんな、本当に……？」

五助は、長く世話になった宗右衛門の死に青ざめていた。

「ええ、下流まで流されてしまい、いま岡っ引きたちが探していますが、見つかったのは、まだ着物だけです」

妙も、伊兵衛を補って言った。

「落ち込む気持ちは分かるが、店は続けなければならん。ここは番頭のお前がしっかりしないといけないよ」

「は、はい……」

「私も出来る限りの手伝いはする。そしてお佐枝を嫁にして、二人で摂津屋の身代を守っていくのだ。その覚悟はあるね？」

伊兵衛が言うと、五助と佐枝は驚いて顔を上げた。

「わ、私たちが……？」

「ああ、前から、宗右衛門さんから話は聞いている。跡継ぎの子がいないので、全て身代は五助に任せると言っていた。聞けばお佐枝と恋仲と言うではないか。二人は宗右衛門さんの夫婦養子として、摂津屋の主となるんだ。私が後見人になるので、気をしっかり持っておくれ」

「は、はい……！」

五助は身を硬くして答え、佐枝と一緒に深々と頭を下げた。

「さあ、では隣へ帰りなさい。私も一緒に行って、摂津屋の皆に説明してあげよう。お佐枝も、今日から摂津屋に住むんだ。昼までに仕度を調えておきなさい」

「はい……」

佐枝は夢見心地で答えた。

（ああ、良かった……）

妙は心から思った。

宗右衛門の喪が明ければ、五助と佐枝の祝言《しゅうげん》である。

そして美代も、晴れて伊兵衛の後添え、春の母親になるという、目出度いことが続くのだ。

やがて伊兵衛が五助を連れて摂津屋へと出向き、妙も挨拶して引き上げることにしたのだった。今日は、摂津屋は店を休んで、宗右衛門の葬儀の仕度に取りかかることだろう。

空は晴れているが、昨夜から朝にかけて降った春の雪が道端や屋根に残って輝き、風情ある景色を見せていた。おそらく行楽客たちも、花見と雪見を楽しんでいることだろう。

たつやに戻った妙は、朝餉を終えて一服している辰吉に言った。

「何もかも落着したよ、おとっつあん」

「そうか、そりゃあ良かった。ご苦労だったな」

辰吉は細かに訊かず、煙をくゆらせて笑顔で言った。圭も、すぐ熱い茶を入れてくれた。

「何日も、泊まり込みの張り込みは大変だったろう」

「ええ、でも川津屋さんで旨い物を沢山食べさせてもらったし」

「だいぶ肥えたんじゃねえのか」

辰吉に言われ、妙は苦笑しながら茶を飲み干した。そして二階へ上がり、少し仮眠を取ることにしたのだった。

昼前に起きると、妙は圭が作ってくれたおにぎりを持って家を出た。

途中、結城道場を通ると、撃剣の音が聞こえていた。

格子から覗き込むと、きりりと鉢巻きをした鈴香が、門弟の若侍たちに稽古をつけていた。

見ると、先日騎馬で狼藉《ろうぜき》をしていた二人の破落戸旗本たちも、鈴香の袋竹刀でとことん叩きのめされているではないか。

やはり鈴香が恐いので逃げるわけにもいかず、嫌々道場に通いはじめたようだ。

「ま、参りました……」

「まだ参っておらん、声が出るではないか！」

鈴香は容赦なく連中を立たせ、荒稽古を続けているので、妙は声を掛けずに通り過ぎることにした。

こうして、いつもの日々が戻ってきたのである。

やがて妙は、小太郎の裏長屋へと行った。

「お疲れ様でした。これは、伊兵衛さんから頂いたお礼です」

妙は上がり框に腰を下ろして言い、昼餉のおにぎりと一緒に一両小判を一枚差し出した。

伊兵衛は、妙と鈴香、真之助と小太郎の四人に一両ずつくれたのだ。

本当は、伊兵衛は何十両か出そうとしたのだが、妙が丁重に断り、せめて一枚ずつ受け取ったのである。

伊兵衛にしてみれば、何度も自分と春を助けられたので四両ぐらいなら安いものである。

真之助も、日頃から付け届けをもらっているので一両で納得したようだ。

「ほう、これは助かります」

小太郎も言い、悪びれずに小判を受け取って袂へ入れた。

「ええ、すっかり三人にもお世話になったので、何か美味しい物でも買ってあげて下さい」

妙は言い、やがて小太郎と一緒におにぎりを食べた。

「あんな大河童を見たのは、私も初めてでした」

「ええ、でも昔話のように、ちゃんと手を受け取りに来るんですね」

妙は言い、おにぎりとともに、小太郎と二人きりの一時を味わった。

そして昼餉を済ませると、小太郎は腰を上げ、妙と一緒に裏長屋を出た。

小太郎は神田明神へと向かい、別れた妙は番屋へ行った。

中に入ると、真之助が莨を吹かしていた。

岡っ引きたちは出払っているようで、他には誰もいない。

「もう、上への報告は書き終えたのですか」

妙は、茶を淹れながら訊いた。

「ああ、宗右衛門が溺れて死に、死骸が見つからないというだけだからな、すぐに済んだ」

「ええ、そうですね。此度の騒動は町の人たちは誰も知らず、双方の奉公人さえ何も気づかなかったのですから」

「俺たちだけが、陰で必死に骨を折ったのだな。もっとも、俺の出番はほとんどなかったが」

真之助は言い、ポンと灰を落として茶をすすった。

妙は、主のいなくなった摂津屋の行く末を真之助に話してやった。

「そうか、番頭の五助が養子になる約束が出来ていたのなら安心だろう。これで、本当の宗右衛門も浮かばれるな」

「ええ、一応は表向き、宗右衛門さんの命日を昨日として、喪が明けたら五助さんはお佐枝さんと祝言を挙げて、正式に摂津屋の主になるようです」

妙が言うと、真之助は少し羨ましそうな顔つきをして新たな刻みを煙管に詰め、

「もう一つ、祝い事があるのだろう」

火を点けながら、顔を背《そむ》けて何気なく言う。

「そうです。お美代さんが伊兵衛さんの後添えになって、お春ちゃんの母親になるんです」

妙は顔色を窺いながら真之助に言った。

どうしても、この話題は避けるわけにいかないだろう。

真之助は僅かに眉をひそめ、面白くもなさそうに煙を吐き出した。

「うちのおっかさんか、結城道場のお雪さんにでも相談して、麻生様のため誰か良い女の人を探してもらいましょう」

「ふん、余計なことだ」

真之助は言い、火鉢に煙管を叩きつけて灰を落とした。

三

——夕刻、妙は神田明神に立ち寄り、あらためて小太郎と三人娘に礼を言ってから鈴香と一緒に日本橋へ出向いた。

摂津屋では、宗右衛門の通夜が行われているのだ。

遺骸は見つかっていないが、見回りをしていた真之助が流されていく宗右衛門を見たという証言をし、同心の言ったことだし伊兵衛の口添えもあって、急いで葬儀を執り行うことにしたのである。

だから今日明日は、摂津屋は店を閉めることになっていた。

通夜の前に、妙と鈴香は川津屋へ顔を出した。

「お妙さん、お美代さんがおっかさんになってくれるんだって」

「良かったね、お春ちゃん」

妙は、嬉しげに言う春の頭を撫でて言った。

春に寄り添う美代も、もう父親の死から立ち直ったように穏やかな顔つきになっていた。

伊兵衛は摂津屋へ手伝いに行き、佐枝もすでに荷物を取りまとめて、摂津屋の住人になっているようだ。

「お妙、坊主が来たようだ。そろそろ我らも行くか」

鈴香に促され、妙は美代に頭を下げ、春に手を振って川津屋を出た。

表通りの橋を渡り、摂津屋に入ると、伊兵衛と五助が訪れる弔問客たちを迎え入れていた。

さすがに大店だけあり、取引のある店や配達先の武家まで、多くの人たちが弔問に訪れている。

妙と鈴香も中に入り、坊主の読経を聞きながら周囲を見回した。

佐枝の姿もあり、目が合うと妙に会釈してきた。

すでに伊兵衛の説明により、摂津屋の奉公人たちも宗右衛門の死を悼《いた》みつつ、五助が店を継ぐことを納得しているようだ。

その許婚である佐枝の来訪も、奉公人たちは快く受け入れているのだろう。

表向きは女中だった美代が出てゆき、入れ替わりに佐枝が来ただけだから店の中はさして変わりはない。

やがて読経が終わると焼香をし、一同には精進落としの膳が振る舞われた。

しかし妙と鈴香は遠慮し、庭へと回った。そこにも酒樽が置かれているので、鈴香は升に注いで飲み干した。

見ると、摂津屋と川津屋の間にある水路に、板戸を合わせて作った小さな橋が架けられているではないか。

これで、双方の家も家族同様の付き合いとなることだろう。

「もっと早く橋を架けていれば、五助さんとお佐枝さんの逢瀬も楽だったろうに」

「ああ、すでに二人とも摂津屋に住んでいるのだから皮肉なものだな」

妙が鈴香と話していると、そこへ伊兵衛がやって来た。

「こちらは取り込んでいるので、うちの方で粗餐《そさん》なりと用意しております」

伊兵衛が二人に言う。

摂津屋の方は、あとは五助と佐枝に任せるのだろう。

三人は、出来たばかりの小橋を渡って川津屋の庭に入った。

散りかかった桜の間から月が見え、残雪が青く照らされている。

すると、美代と春が折敷と酒を持って来てくれた。

「ああ、縁側で良い。夜桜を見ていたい」

鈴香が言い、大刀を置いて縁側に座ると、妙も並んで腰を下ろした。

鬼の力で熱を秘めているので、一向に寒くはない。

「お春ちゃん、もうおっかさんと呼んだ？」

「まだ……」

妙が訊くと、春はモジモジして小さく答えた。

春は、実母の方はろくに覚えていないらしい。

「そう、すぐ呼べるようになるわ。急がなくていいからね」

「うん……」

春は素直に答え、はにかみながらぎこちなく妙に酒を注いでくれた。

そして春と美代も、夕餉はまだのようだったので、伊兵衛と三人、火鉢を引き寄せ座敷で並んで食べはじめた。

「本当に親子三人のようだな」

すっかり上機嫌になっている鈴香が三人を見て言い、妙も酒を舐めて肴を摘んだ。

すると、そこへ真之助が橋を渡ってやって来た。弔問に来たらしいが、妙の姿が見えないので、こちらへ見に来たのだろう。

「これは、麻生様」

「いや、勝手にやるので座っててくれ」

伊兵衛が腰を浮かそうとするのを制し、真之助は妙を真ん中にして腰を下ろし、妙が注いだ酒を飲んだ。

そして火鉢の炭を借り、莨を一服しながら月と桜を見上げた。

「落ち着きましたね」

「ああ……」

真之助が、妙に答えて煙を吐き出した。

すると、その時である。

いきなり庭に黒い影が現れ、低く身構えながら迫って来たではないか。

「こ、甲太か！」

妙は升酒を投げ捨てて叫び、素速く十手を抜いた。

しかし、手拭いで片方の目を覆った甲太はすかさず跳躍した。

そして縁側に並んで座っている真之助の肩を踏んで、部屋の中に飛び込んで来たのである。

鈴香も真之助も立ち上がって抜刀したが、

「こないだの仕返しだ。自分だけ幸せになろうとしやがって！」

甲太は言うなり、持っていた匕首を、春を背に庇う美代の胸に激しく突き刺していたのだった。

いきなりのこともあり、さすがに大河童の娘でも、全身を硬化させる術は持っておらず匕首は深々と食い込んでいた。

「きゃっ！　お、おっかさん……！」

春が叫んで言うと、緑色の血で着物を染めた美代が微かに笑みを洩らし、

「呼んでくれて有難う、お春……」

か細く答えた。

「おのれ！」

鈴香が刀を構えて怒号したが、甲太は嫌々をしてもがく春を抱え上げるなり、再び庭へ飛ぼうとした。

そこへ、咄嗟に真之助が火種の付いた煙管の先を甲太の残る目に突き立てていたのである。

「ギャッ……！」

甲太は叫び、思わず春を取り落とした。

その春を伊兵衛が急いで抱き上げ、そのまま甲太は庭へ飛び下りて水路の中へと身を躍らせて行った。

それを抜き身を握った鈴香が、ためらいなく続いて飛び込んで行く。

妙も続こうとしたが、そこへ、胸に匕首を突き立てた美代がヨロヨロと迫って妙にしがみついて来た。

「お願い、私を水の中へ……」

息も絶え絶えに言うと、妙も察して美代を抱き抱え、ともに水路へと身を投げていった。

どうやら死に際し、河童本来の姿を春に見られたくなかったのだろう。

そんな気持ちが妙に伝わったのである。

水の中は暗く、甲太と美代の流す血で濁っていたが、妙も鈴香も鬼の力で見通すことが出来た。

鈴香は水の中で甲太に刀を振るったが、目が見えなくても甲太は素速く身を躱していた。

妙も迫り、ようやく甲太を羽交い締めにした。

そこへ瀕死の美代が迫り、自らの胸に突き刺さっている匕首を抜くなり、甲太の首に突き立てていたのである。

「うぐ……！」

水の中でも甲太の呻き声が聞こえ、さらに鈴香が切っ先を脳天の皿に突き刺すと、とうとう甲太は動かなくなった。

同時に美代も力尽き、甲太とともに浮かび上がりはじめた。

それを妙と鈴香が必死に抱えて水から引き上げ、そのまま河原へと上がっていったのである。

やはり下流で、あやかしの姿を人々の目に触れさせない方が良いだろう。

やっとの思いで妙と鈴香は、河童たちの死骸を引き上げた。

「大丈夫か！」

そこへ、真之助が下りて来て怒鳴った。

「麻生様、何か掘る物を持って来て下さい」

妙が言うと、真之助は頷いてすぐ川津屋へ引き返した。

甲太は完全に事切れ、美代も河童の姿に戻って横たわっていた。

醜い甲太と違って、牝河童の美代は流れるような肌の線を持って乳房の膨らみもあり、本来の姿でも妙は美しいと思った。

そこへ、鍬や鋤を抱えた真之助が戻って来た。

「お春ちゃんは大丈夫?」

「あ、ああ、伊兵衛がしっかり抱いている」

真之助が答えると、妙と鈴香は鍬と鋤で河原に穴を掘りはじめた。傍らには、宗右衛門に化けた大河童を埋めた土饅頭がある。

鬼の力で、たちまち河原に二つの深い穴が掘られた。

いかに同族で幼馴染みだろうとも、やはり美代と甲太を同じ穴に埋める気はしなかった。

「これが、お美代の本当の姿か……」

真之助が呆然と立ちすくんで言う。

「あまり見ないであげて下さい。可哀想なので」

「あ、ああ……」

妙に言われ、真之助は答えて背を向けた。

妙と鈴香は、それぞれの穴に美代と甲太を入れて埋めていった。

やがて草むすようになれば、誰もここに三匹の河童が埋められていることなど知りようもないだろう。

埋め終わると、三人は土手を上がり、川津屋の庭へと戻って行った。

ずぶ濡れだが、妙も鈴香も鬼の熱を発しているので大丈夫である。

縁側から見ると、春が伊兵衛に抱かれて泣きじゃくっている。

溺れても泣かなかった春の涙を、妙は初めて見たのだった。

四

「お美代さんは、最後まで心の誠を貫いたのですね」

翌朝、妙は小太郎の長屋を訪ねて報告した。今日は三人娘も来ていて、万年床に並んで座っている。

「ええ、あやかしでも人の仲間はいるものです。だから実に残念でした」

小太郎が言う。

実際、小太郎も三人娘も人の味方なのだった。

「それで、お春ちゃんは大丈夫なのですか」

「今は伏せっているようだけど、やがて気を取り直すでしょう。あとで、また川津屋へ行って様子を見てきます」

「ええ、それが良いでしょう」

小太郎は頷いて答えた。

今日は朝一番で来たので、昼餉のおにぎりは用意していない。それに間もなく、小太郎は学問所へ出向く頃合いだろう。

「麻生様も可哀想だわ」

伏乃がぽつりと言う。

「でも、もともと片思いだったのだから」

「ええ、生き別れと死に別れと、どっちが辛いかしらね……」

三人娘が言い、妙も思った。

好いた相手が他の人を選んで別れるのは辛いが、幸せを願えば良い。

死に別れたら、何やら心の中で永遠になってしまいそうで、それもまた辛いが自分の幸せに向き合うべきだろう。

「なんだか、辛いと幸せは字が似てますね」

「何か一つ足せば、辛いのが幸せになるのでしょう」

「なるほど……」

妙が頷くと、小太郎が立ち上がった。

三人娘たちも三和土《たたき》へ下りて来たので、妙は腰を上げた。

そして裏長屋を出ると、小太郎は昌平坂《しょうへいざか》の学問所へ、三人は神田明神へ、妙は番屋へと向かった。

(何か一つ足せば……)

妙は歩きながら思い、結城道場の脇を通りかかった。

「待て!」

鈴香の声が聞こえたかと思うと、打ち身だらけの門弟が這々の体で飛び出して来たではないか。

どうやら、いつかの旗本の倅らしい。

「ひいい……!」

門弟は、目の前にいる妙を見ると悲鳴を上げて尻餅をついた。やはり門弟にとっては、妙も鈴香と同じぐらい恐ろしいらしい。

「稽古が厳しいので逃げ出したのですか」

「た、助けてくれ。あんたからも先生に言ってくれないか……」

男はへたり込んだまま妙を拝んで言った。

「おお、お妙、捕まえてくれたか。さあ道場へ戻れ」

出て来た鈴香が言い、嫌がる門弟を摑んで道場へ引き戻して行った。

「お妙、またな」

「ええ」

鈴香に答え、妙は番屋へと行った。

今度こそ、いつもの平穏な日々が戻ってきたようである。

もう雪も溶け、桜の盛りも終わりを告げようという季節だ。

番屋へ入ると、真之助はおらず、なんと立派な武士が座って茶をすすっているではないか。

「こ、これは内藤《ないとう》様……」

妙は膝を突き、頭を下げて言った。

四十前後の武士は、妙も何度か顔を合わせたことのある、真之助の上士である与力の内藤徳衛《とくえい》であった。

同心は士分ではなく足軽格だから、妙も真之助には割合気楽に接しているが、与力ともなればれっきとした御家人の中でも上位である。

「お妙姐さん、ではあっしはこれにて」

茶を淹れたらしい岡っ引きが、ほっとしたように言うなり出て行ってしまった。

与力と二人きりだったので、緊張に居たたまれなかったのだろう。

これで、妙は徳衛と二人きりになってしまった。

「お妙か。まあ楽にしろ。何かと働いてくれているようだな」

徳衛が言う。

妙の勇名《ゆうめい》は、与力たちの間にも広まっているらしい。

「恐れ入ります。今日はどのような御用向きで」

妙は座り直し、恐る恐る訊いた。

真之助は今日、美代の死の報告書を書いていたはずだ。一応美代は死んだ清吉の後家ということになっているが、身寄りはないので葬儀などは行わず、真之助が美代を人別帳《にんべつちょう》から外すだけである。

「いや、麻生に良い嫁の話があったので、通りがかりに寄ったのだが、所用があると言って逃げ出しおった」

徳衛が苦笑しながら言う。

「まあ、そうでしたか」

妙は笑みを洩らして答えた。やはり上士たちも、真之助にそろそろ身を固めるよう気にしてくれているらしい。

「あいつは、そんなに女嫌いなのか」

「はあ、私は幼馴染みですが、今まで一度も浮いた話はなく、融通が利かないほど真面目一徹な人ですね」

「そうだろうな」

徳衛が頷いて言う。

まあ間《ま》が悪かったのだろう。

真之助も、死んだ美代の調書に向かっているときに、別の女の話をされるのは抵抗があったに違いない。

「まあ、お前からも麻生に、身を固めるよう言ってもらいたい」

「承知致しました」

妙が答えると徳衛は腰を上げた。

「お前はどうなのだ。麻生の嫁に」

行きかけた徳衛が振り返って言う。

「いいえ、あたしと麻生様は兄妹のようなものですので、そんな気になれません」

妙は、いつも言っていることを話した。

「そうか。分かった」

「では、お気をつけて」

妙は言い、出てゆく徳衛に頭を下げた。そして、さっきの岡っ引きではないが、緊張が解けると、力を抜いて座り込んだ。妙も、不良旗本ぐらいはなんでもないが、十手持ちとして与力に対するとなればさすがに身構えてしまう。

すると、すぐに戸が開いて真之助が入って来たのである。

「帰ったか」

真之助が言う。この分では、徳衛が帰るところをどこからか様子を窺っていたのだろう。

「ええ、良いお話だったようなのに」

「いや、相手は北町の同心の娘で、女相撲の力士ということだった」

「あはははは、それじゃ尻に敷かれますね」

妙が笑うと、真之助も口を歪め、煙管に刻みを詰めて火を点けた。

「これ以上、周りに強い女は要らん」

真之助が煙を吐き出しながら言う。

それを見て妙は、どうやら真之助も美代の死から立ち直ったのだろうと、安心しながら思ったのだった。

五

「お春ちゃん、大丈夫？」

川津屋を訪ねた妙は、縁側でしょんぼりしている春に声を掛けた。

隣の摂津屋では、宗右衛門の葬儀が執り行われ、五助もそつなく采配しているようだった。

まだ庭の隅には少しだけ雪が残り、桜もあらかた散り尽くし、たまに春風に乗って花びらが舞い降りていた。

「ねえ、お妙さんがおっかさんになって」

「おいおい、お春。お妙姐さんはまだ二十歳前だ。無理を言うもんじゃないよ」

春が言うと、伊兵衛が苦笑してたしなめた。

「そのうち、良いおっかさんが見つかるからね」

妙は春の頭を撫でながら言い、春にとって一つ足すべきものとは、母親なのだろうと思った。

妙は少しだけ春と、お手玉やあやとりをして遊んでやった。春も、何かに夢中になれば少しずつ気も紛れることだろう。

やがて妙は、春に手を振って川津屋を出ると、摂津屋にも顔を出した。

「これは、お妙姐さん、その節は大変お世話になりました」

笑顔の五助が出て来て言う。

その声に、すぐ佐枝も出て来て頭を下げた。

「仲良くやっているようね」

「はい、おかげさまで」

妙が言うと、二人も幸福そうな顔を向けて答えた。

多くの奉公人たちも、以前の宗右衛門が目をかけていた五助だから、みな次の主として信頼しているようだ。

これで宗右衛門の喪が明ければ、晴れて夫婦だろう。

伊兵衛も、何かと摂津屋のことを気にかけているようである。

「じゃ、また顔を出しますね」

妙は焼香を済ませて言い、二人と別れて摂津屋を出ると、結城道場に向かった。

そろそろ鈴香の稽古も終わる頃だろう。

顔を出すと、やはり門弟たちがゴロゴロと床にへたり込み、肩で荒い呼吸を繰り返していた。

「お妙、そろそろ終わる。一緒に出かけよう。仕度するので隅で休んでいてくれ」

そう言い、鈴香は奥へ引っ込んで行った。

水を浴びてから着替えるのだろう。

鈴香が姿を消すと、ようやく門弟たちはほっとしたように身を起こしはじめた。

「ずいぶんやられましたね。でも、これからお掃除でしょう」

妙が苦笑して言い、上がり込んで隅に座ろうとすると、そのとき玄関から一人の武士が入って来た。

「なんだ、お前らこのざまは！」

武士が連中を見回して言う。何人かが居住まいを正して頭を下げたので、不良旗本たちの兄貴分かも知れない。

「結城鈴香はどこだ」

「奥で着替えてます」

「すぐ呼べ。俺が相手になる」

男は神前に礼もせず上がり込み、妙が答えると言った。二十代半ばで、連中の誰よりもがっしりした体格だった。

「道場破りのお相手なら私がしましょう」

「なに。ふん、女の十手持ちか。面白い」

男は大小もそのままに道場の中央に進み、袋竹刀を一振り手にした。

妙も十手を置き、短い袋竹刀を手にして進んだ。

「ふん、そんな得物《えもの》で良いのか。手加減はせぬぞ」

「どうぞ、いつでも」

妙は笑みを含んで答えた。

数々のあやかしを相手にしてきた妙にとっては、いかに手練れでも只の人など物の数ではない。

門弟たちも妙の強さは充分に知っているので、油断なくと声を掛けようとしたが、それよりも速く、

「舐めやがって！」

言うなり男は礼もせず、激しく容赦ない諸手《もろて》突きを食らわせてきた。

ここで女に怪我をさせようと、あるいは死に至らしめようと頓着せず、道場で対峙した以上構うことはないと思っているようだ。

むろん妙は避けもせず、渾身の力で短い得物を振るい、ピシリと弾くと男の袋竹刀が宙に飛んだ。

門弟たちは息を呑んで見守っている。

さらに妙は、勢い余って突進してくる男に組みついて身をひねり、壮絶な腰投げを打っていた。

「うわ……！」

男は見事に一回転して、激しく床に叩きつけられた。

「お、おのれ、女……！」

顔を歪めながら懸命に身を起こした男は抜刀し、真っ向から斬り下ろしてきた。

妙は自分も得物を捨てて身を屈め、頭上でピタリと刀身を両手で挟みつけていたのである。

「く……」

男は呻き、真剣白刃取り《しんけんしらはど》りに目を丸くした。

見ていた一同も、呼吸を忘れたように硬直している。

妙がシッカリ両手で挟みつけているので、男は進むも引くも出来ず脂汗《あぶらあせ》を滲ませていた。

「それまでだ！　それ以上の狼藉は私が黙っていないぞ。私は南町奉行所与力、内藤徳衛である！」

そのとき玄関から声がし、見ると徳衛が仁王立ちになっているではないか。

「こ、これは内藤様」

妙が刀を突き放して膝を突くと、男は刀を持ったまま尻餅をついた。

「く、くそ……」

男は呻き、震えながら懸命に納刀するやヨロヨロと立ち上がり、徳衛の脇をすり抜けて逃げ出していった。

旗本だから自分の方が格上だろうが、なんと言っても自分は無役、まして奉行所が相手となると面倒だと思ったのだろう。

「お妙、聞きしに勝る腕前だな」

「いいえ、恥ずかしいです」

妙は神妙に答えた。

どうやら徳衛は最初から見ていたのだろう。

与力といえば奉行所の奥に引っ込んでいるものだが、この御仁《ごじん》は日頃から、何かと町を歩き回っているらしい。

「勇名を馳せる結城鈴香の稽古を見ようと立ち寄ったのだが、それより良いものを見たようだ。だが驕らず自重しろよ」

「は……」

妙が答えると、ようやく徳衛は微かな笑みを浮かべ、神前に一礼をして立ち去っていった。

「さあ、皆さん、お掃除をして、戸締まりをして解散しなさい」

妙は徳衛の後ろ姿に辞儀をし、袋竹刀を戻して十手を腰に帯びながら皆に言った。

すると一同は弾かれたように立ち上がり、妙に一礼すると甲斐甲斐しく掃除をはじめた。

それを見て妙が外に出ると、いつもの男装に着替えて、二本差しになった鈴香が出て来た。

「何かあったのか」

鈴香が訊いてくる。

やはり奥にいても、道場での喧騒が耳に入っていたのだろう。

「旗本の兄貴分が道場破りに来たので、鈴香さんを呼ぶまでもなく、あたしが叩きのめしてしまいました」

「わあ、それは見たかったなあ」

鈴香は残念そうに言い、一緒に歩き出した。

妙は、先ほど立ち寄った川津屋と摂津屋が、ようやく平穏に暮らしはじめたことを報告した。

「そうか、良かった」

「ええ、あとはお春ちゃんが元気を取り戻すだけです」

「何事も起きないのが一番の平穏か。では、私はなんのために剣術の稽古に明け暮れているのだろうか」

「治《ち》にいて乱《らん》を忘れずの気持ちで良いのでは。いかに平穏が続いても、奉行所も私も仕事を辞めるわけにはいきませんから」

「ああ、そうだな。ときにこれからどこへ行く」

「神田明神、百さんと三人娘に会いに行きます」

「よし、そろそろ見世物も終わる頃だろうから、皆で飯でも食おう」

鈴香は一杯やりたそうに言い、妙と神田明神へと向かった。

「鈴香さんは、自分に一つ足すとなると何を望みますか」

「何の話だ？」

訊かれて、妙は小太郎に言われた話をした。

「なるほど、辛さに何か一つを足せば幸せになるか。私が望むのは、強い相手かな。お妙と同じぐらい強い相手に会ってみたい」

「鈴香さんらしい」

「で、お妙は何を望む」

鈴香は追及するように、妙の横顔を覗き込んで訊いていた。

「あたしは、今のままで充分に幸せですので、何も望みません。強《し》いて言えば、麻生様に良いお嫁さんが来てくれることでしょうか。兄貴分が身を固めれば、あたしも安心出来ます」

「ああ、あの男も不器用だし、あやかしの美女とか、無理な相手ばかり好きになっているからなあ」

鈴香は頷いて言い、妙への追及は忘れたようだった。

（あたしが一つだけ望むとしたら……）

妙は思ったが、すぐその人がいる神田明神に着いた。

二人でお詣りをしてから境内の奥へと進むと、手妻《てづま》や居合抜き、独楽《こま》回しなどの見世物たちも仕舞いはじめていた。

小太郎は金を集め終え、三人娘たちも手裏剣や畳表などを片付けていた。

鈴香が、飯に誘うと三人娘が歓声を上げた。

「実入りも良いので、少し良い店でも行きましょうか」

小太郎が言い、やがて後始末を終えた一行は境内を抜けて町に向かった。

（こうした日々が続けば、それでいいかな……）

妙は思い、チラと小太郎の横顔を見て皆と一緒に歩いたのだった。

時代小説

二見時代小説文庫

川流《かわなが》れ慕情《ぼじょう》　あやかし捕物帖《とりものちょう》3

二〇二五年　四　月二十五日　初版発行

著者　奈良谷《ならや》　隆《たかし》

発行所　株式会社　二見書房
〒一〇一-八四〇五
東京都千代田区神田三崎町二-一八-一一
電話　〇三-三五一五-二三一一［営業］
　　　〇三-三五一五-二三一三［編集］
振替　〇〇一七〇-四-二六三九

印刷　株式会社　堀内印刷所
製本　株式会社　村上製本所

落丁・乱丁本はお取り替えいたします。定価は、カバーに表示してあります。

ISBN978-4-576-25027-4
https://www.futami.co.jp